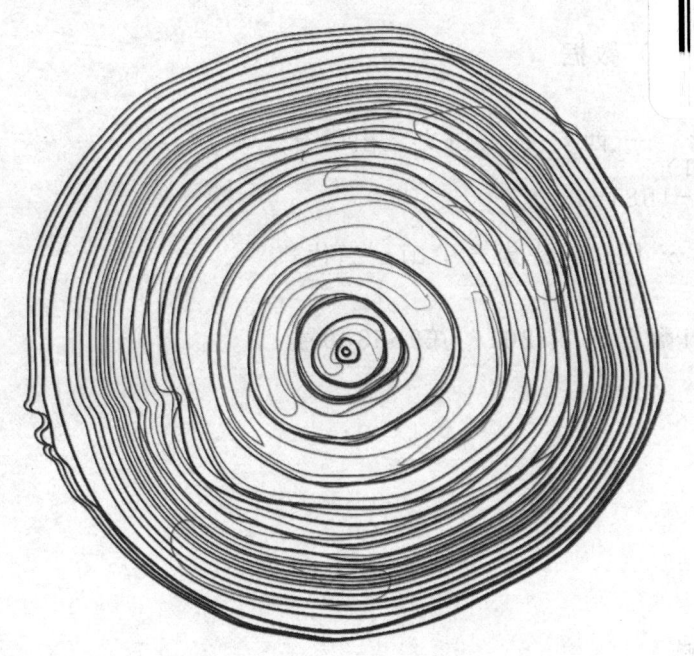

馥郁流年

赵斌 著

陕西新华出版传媒集团
太白文艺出版社

图书在版编目（CIP）数据

馥郁流年 / 赵斌著. -- 西安：太白文艺出版社，2020.4（2023.2 重印）
ISBN 978-7-5513-1681-1

Ⅰ.①馥… Ⅱ.①赵… Ⅲ.①诗集－中国－当代 Ⅳ.①I227

中国版本图书馆CIP数据核字(2019)第265300号

馥郁流年
FUYU LIUNIAN

作　　者	赵　斌
责任编辑	申亚妮　蔡晶晶
封面设计	张旭峰
出版发行	陕西新华出版传媒集团 太白文艺出版社
经　　销	新华书店
印　　刷	三河市嵩川印刷有限公司
开　　本	787mm×1092mm　1/16
字　　数	250千字
印　　张	20.5
版　　次	2020年4月第1版
印　　次	2023年2月第3次印刷
书　　号	ISBN 978-7-5513-1681-1
定　　价	63.00元

版权所有　翻印必究
如有印装质量问题，可寄出版社印制部调换
联系电话：029-81206800
出版社地址：西安市曲江新区登高路1388号（邮编：710061）
营销中心电话：029-87277748　029-87217872

序
Preface

　　那个晚春的清晨，温煦的日光已经把大地抚摸得非常柔顺。我伏于案台，呼吸着来自窗外带着花香的气息，一边静静地听着柴可夫斯基的弦乐，一边闲逸地在字里行间寻找着别样的自己。

　　这是一张不惑之年的脸，瞳仁深黑而且明亮，额头的皱纹刻满了年龄的痕迹与岁月的沧桑，唇上与下巴的胡须中间夹杂着几许白色。突出的颧骨与瘦削的下巴，轮廓分明。

　　晚春，是一个值得回忆与纪念的时节。晨起暖暖的阳光，傍晚清凉的风，总能让人产生无限的遐想。新绿渐渐变成了深绿，惊雷挟着暴雨，磅礴而热烈，街角处姑娘的裙裾也飘动起来，绚烂旖旎。

　　初夏，一个热烈而奔放的时节，满眼是绿色天影。我看见了曾经无比熟悉的湛蓝的天空、飘浮的云朵、灿烂的星辰，世界敞开辽阔的胸怀。

　　其实我无比贪恋生活中的丝丝温暖，总是小心翼翼地保存好它们。清晰地记得那些不眠的日子，像是一幅冷色调的油画，只有细细品味才能感受到其中的感伤和甜蜜。

　　残阳似火，湿气蒸腾。我驾车寻找着原野上的清凉，穿行在绿意盎然的丘陵间、浅浅的河水边。山谷轻柔的风夹杂着山花浪漫的馨香，让人沉醉。小溪中，洗衣的村妇，戏水的后生和错落有致的村舍，在斜阳下，宛如一幅田园画卷。晚风中，似灿烂笑容般的白玉兰花瓣，有着能够铺满心底的惬意。

　　在激情沉淀之后，才意识到年少时的盲目和荒谬。旧日往事有时候会沉重地压在心底。一个甜美的梦境，因千百次的记忆而深刻起来，带着经久不散的醇香，直到记忆的尽头。

　　有时候，我觉得一无所有，仿佛被世界抛弃；有时候，身边有很多朋友我却依然觉得孤单；有时候，走过熟悉的街角，我就会想起一个人；有时候，夜深人静，我突然觉得寂寞深入骨髓；有时候，我突然找不到自己，似乎把自己丢了。

　　终有一天，当站在川流不息的人群中的我忽然抬起头，风吹乱了头发，单薄的衣服透着丝丝寒凉，笑容开始悲凉，憧憬与悸动并存。仰望天空，那些失去了星光的夜晚该用怎样的文字去表述。

希望这些未经雕琢的文字，能够以一种接近生活本质的真实形式，在充满了热泪、过错、遗憾、美好和希冀中，纪念渐已逝去的珍贵且不易忘却的时光。

《春韵》《夏风》《秋实》《冬雪》是这本诗集的四个篇章。说起春夏秋冬一年四季的变化，我的感悟颇深。四季变换的美景，是大自然施予人类的恩赐，虔心行走在季节的深处，时光流转给予我太多的欣喜与忧郁。我用自己消瘦的笔尖，书写大自然的丰盈与饱满，写下点滴的感悟，吟诵之后，心里才能得到一些启示与满足。

以春天的韵，夏天的风，秋天的果，冬天的雪，来诉说往昔，恰似我行走于四季的人生轨迹。这本讴歌四季的诗集，表达了我对那些斑斓岁月最深刻的留恋。

我在暮春的一个傍晚，写下了自己的第一首诗，直到现在，我仍非常怀念那个傍晚。

子 禾
2018年5月

目录
Contents

春韵

茶仙子　/3

春天里的留白　/5

爱在春天　/6

半亩花田　/7

薄雾　/8

不负时光　/9

春祭　/10

春暖花开　/13

春天里　/15

春雨又沐二月二　/17

等风　/19

等你，共赴一场春暖花开　/21

父亲　/23

馥郁流年　/26

孤独　/28

后会无期　/30

后来　/31

祭奠已逝的爱情　/32

惊蛰　/34

静静的子夜　/35

廊桥　/36

浪漫如花女人节　/37

梨花的天空　/39

落心，入画　/41

命运的交响曲　/42

你从春天向我走来　/44

你是我生命里那一抹最美的留白　/45

念　/47

彷徨　/48

铺满心底的春意　/49

缱绻在水一方　/50

清明时节　/52

情人　/54

如花的季节　/56

如若可以　/57

三十年，再聚首　/59

诗卷里的幽香　/62

随风飘扬　/64

踏青　/66

听雨　/67

想念晴天的明媚　/68

心在春天里行走　/69

燕子　/71

也许已然淡忘　/73

夜漫长　/75

伊人拾花，牡丹争艳　/76

忆难收，心扉乱　/78

樱花灿烂　/79

咏春　/81

与春色同行　/83

与你在一首诗里相遇　/84

月光下的白玉兰　/86

只为心的快乐　/87

子夜花开　/88

醉了春天　/90

夏风

晨曦　　/93
不语，亦是情深　　/94
茶语清香　　/96
端午　　/97
浮萍　　/99
共赴一场夏天的盛会　　/100
花开半夏的回忆　　/101
花开花落　　/102
今夜　　/104
立夏的五月，阳光晴好　　/105
六月，人生最美的景致　　/107
路边的风景是初夏　　/108
慢煮时光　　/109
母亲　　/110
那个身着旗袍的女子　　/111
那年七月的夏天　　/113
你是风，你是雨　　/114
七月的莲花　　/116
如果，不曾相遇　　/117
听风呢喃　　/119
同窗携手游太白　　/120
童年　　/122
我的自传　　/124
五月的风，五月的雨　　/126
午后，邂逅一场轻柔的雨　　/128
喜欢夏天　　/129
喜兰的日子　　/130
夏的深处无言却有情　　/132
想你的夏天　　/133
小暑时节里的思念　　/134

檐下的风　　/136

邀请你，远行　　/137

一城细雨　　/139

一池青莲，深深处　　/140

一抹永不凋逝的嫣红　　/142

印象江南　　/144

与一缕清风的对白　　/146

雨的怒放　　/148

月光　　/149

在这个静美的夏日里　　/151

绽放　　/153

致爱情　　/155

致自己　　/156

醉了今夜　　/158

昨夜听雨　　/159

涂鸦清风　　/160

炊烟　　/161

夏韵　　/162

独舞一场斜风细雨　　/163

秋实

一个人的秋天　　/167

爱到深处是秋天　　/169

静处一隅，秋雨绵绵　　/170

爱她，就带她去大漠深处感受胡杨林的浪漫　　/172

茶韵　　/174

告别九月　　/176

回眸处，依然有你笑靥如花　　/178

脚步　　/179

今秋，你最美　　/181

旧日时光　　/183

菊香淡然　　/185

叩响心扉，让心灵与金秋共鸣　　/186

离殇　/188

留在夏天里的记忆　/189

那年金秋的九月　/190

那一天　/192

年轮　/193

念如潮　/195

飘零的记忆　/197

轻拾秋天的颜色　/198

轻倚云水深深处，只因诗里有远方　/200

清晨，从居延海醒来　/202

秋的深处　/204

秋风，秋红，秋意正浓　/206

秋渐浓，别忘添衣　/208

秋来萧瑟　/210

秋深了，一分牵念　/211

秋之韵　/213

深秋，去感受大漠风光　/215

十一月时光　/217

晚秋　/219

我爱秋色　/221

我的记忆，为你停留　/223

幸福的远方　/225

一枚飞舞的落叶　/227

秋雨　/228

忆往昔，江南会友　/230

咏秋　/232

于秋色里，深居　/234

月光醉了，也睡着了　/236

在初秋薄雾中寻找一分宁静　/237

在秋的深处行走着　/239

这场苍郁的往事　/241

5

听秋　　/243

荷塘月色　　/245

冬雪

期待一场雪色倾城的美丽　　/249

残荷　　/250

初冬　　/254

冬日里的时光　　/255

冬夜　　/256

冬至里的那一缕梅香　　/257

归去来兮　　/259

回眸　　/261

季节　　/263

悸动　　/264

今夜有雪　　/266

做自己　　/267

腊八时节　　/268

浪漫的冬季　　/271

落日黄昏　　/272

蓦然回首，成桑田　　/273

眸里的深情　　/274

那风景，依然很美　　/275

那一年　　/278

你若在，我便爱　　/279

念　　/280

浅冬印象　　/281

倾听雪花飘落的声音　　/283

清晨　　/285

清寂的冬夜　　/287

岁月的味道　　/288

往事如风　　/289

喜剧人生　　/290

喜雪的心情　/292
下个季节　/294
下雪的日子　/295
心清如莲　/297
修行　/299
雪舞长天　/300
一场雪花的爱恋　/301
忆往昔　/303
在深冬里轻念雪花飞舞　/304
在水一方　/306
这便是一月的冬天　/307
只为放飞那留白的念　/308
仲冬　/310
追回岁月的温暖　/311
自由飞翔　/313

春韵
CHUN YUN

茶仙子

初春时节，绿意渐深，
孕育了一季的茶树，
萌动出青色的春芽。
将晨曦微露的香尖，
采摘入筐，轻轻揉搓，
成茶入壶，
不招摇，不奢华。

兰亭深处，小桥流水。
溪水静静地流淌到石头上。
石头铺满青苔，
透着点古旧，
或许还有冷清。

总会有人踱步而来，
脱下华丽的衣饰，
择一个临窗茶座，
静观茶仙子沏茶抚琴。

此时，
撷少许青芽，
取清泉、晨露，
倾入壶中。
茶汤集日月之精华，
发散出氤氲的茶香，
沁人心脾。

此刻，
仙子轻舞衣袖，
抚琴而奏。
袅袅琴音，
似竹林流水，
似流星划过天际，
天籁般醉人。
散逸的茶香与琴音绕梁，
余韵入耳、入唇、入心肺。

因一叶茶，而期。
每个人，
都有自己的故事，
或选择静静发呆，
享受片刻清闲；
或在谈笑中，
忘却。

唯独不变的，
是在茶仙子轻盈的指尖下，
泡出的那壶茶，
弹出的那支曲。

春天里的留白

这个早晨，
万物有了初生的美丽。
路的尽头，
一只麻雀在地上啄食。
地下萌动的蝉虫，
依然在洞穴里灵修。

一道雨过天晴的光芒，
让我清晰地看见了这个世界，
每一处都存在着一个真实的空白，
每一处都有着和风带来的温暖。

窗外，
一只失踪已久的喜鹊，
带着从远方为我捎来的尘埃，
随着春风与它的鸣唱，坠落。
诸神也以无量慈爱，
抚慰着受伤的心灵。

那溢于言表的欢愉，
是春天里的留白，
是清风吹拂万物的轮回。

爱在春天

从前，
总是不相信有浪漫，
也不相信有放不下的恩怨。

其实幸福很简单，
轰轰烈烈，繁华心田，
没有太多的语言。

直到今天才发现，
幸福的守望，痛苦的徘徊，
只是为彼此而来。

其实幸福很简单，
是浪漫、温暖、缠绵与陪伴，
无欲无求，心已相连。

直到今天，
才发现，简单的思念与牵挂，
偶尔甜蜜也伤感。

其实幸福亦遥远，
春天里重逢，却无言。

一辈子不长，用心感念。
付出在春天，感恩二月二，
只为春暖花开，海枯石烂。

半亩花田

清晨，一缕阳光，
照耀在水面。
踏着细细碎碎的阳光，
采撷一滴清露，
轻轻地交给岁月。

清风徐来，拂过脸庞，
留下惬意的暖。
剔透的露珠，
摇曳着落入了返青的枝蔓，
然后慢慢被岁月咀嚼。

此时，灵犀穿过灵魂深处，
带着臻美的纯净，
盈满春天，让往昔盛开。
沏茶煮酒，寂寥闲吟，
饮下万壶伤感，
在浅红的静谧里沉思，
蓦然悟透人生。

返青的枝蔓，蝶舞夕颜，
不知谁沉醉于这夜色，
织梦行云路，夜阑珊。
不堪怜，不堪念，
不堪乱了心底的半亩花田。

薄雾

初春的雨下了一夜,
湿漉漉的。
晨曦初绽的时候,
雨停了。
薄雾在坡上、山涧、河岸弥漫,
大地伟岸的身影,
虽朦胧在这初春的薄雾里,
却也依稀透着旷世的脊梁。
薄雾里,
这桀骜的风骨,
值得我追慕一生。

不负时光

一场雨后，
阳光更加的炽热。
泥土潮湿而松软，
树木吮吸大自然的气息。
气息上升到植物的顶端，
在万物萌发的季节，
凌空入云。

路以路的蜿蜒，
静谧地延伸时光。
水以水的柔情，
浪漫着大好春光。

春祭

雨水时节，春色渐浓，
一派欣欣向荣。
春，
带着懵懂的好奇，
催促着草儿，
纷纷地吐出芽黄的叶片。
叶儿把头探，
跟着煦风起舞，
顾盼生辉。

春发生，草长莺飞，
几缕轻云过，千丝翠柳扬。
春草青青，
柳絮溢满城，
明月高楼人倚窗，
醉看春光。
酒入肠，
相思十里绿意悠长，
暖风拂荷，野径飞花，
春风解情，万物生姿。

盈满天际的春风，
绕着湖岸、坡地，
涟漪水面，
那是春天的语言。

倏然瞥见，
水中自己的倒影。
那春日里的容颜，
是否还是那年的俊朗欢颜。
那漾开的圈圈波纹里，
竟然浮现出明媚的笑脸。

蔚蓝的天空下，
淡淡的文字里，
那渐绿的颜色，
是春的呼唤。
林间重现的雀鸟，
在醉人的呢喃。
一些醒了又醉的往事穿越时空，
如风铃迎空碰撞，
让心温暖。
铃声轻轻地叩击灵魂，
用最美的文字，
感动了这个春天。

春风扑面，春雨沐心，
点点黄绿漫过衣袖，
拂过皮肤，吹开心扉。
此时，以春风为念，
以曾经的坎坷为魂，
点燃心香，
祭祀春天。
祈望戊戌瑞气祥泰，
祈祷心悦康健，
与古人唱和，歌咏吾之情怀。

端坐于时光深处，
抚着石阶，

待薄雾散去,
极目眺望,
看郁郁葱葱。
崇尚自然,
舒展心怀,
聆听春天的祭语。

春暖花开

三月的心径上，
依然残留着静谧的雪花。
春风，悠然地赶着暖光，
喜迎久违的春暖花开。

明媚的阳光下，
春意抽出纤细的绿芽，
剥开枝头的花蕾。
水岸旷野，小径街角，
到处都是春花烂漫。

雪白的梨花满坡灿烂，
粉色的桃花开满心田，
洁白的玉兰花，
绽放在枝头，与蓝天相映。
花儿点缀了春天的色彩。

枝丫袅袅婷婷，
在郁郁葱葱的春天里，
嫣然一笑，步入璀璨的花海。

这一季，漫天的春光，
已悄悄催醒人间。
细长的枝条，青青的绿叶，
和着自然的旋律，
倚在春水边。

蘸一笔清甜的渭水，
悠然地静观彼岸，
将诗写进开满情花的心间。
和着暖风，一起轻扬，
只为拥抱今天的春暖花开。

春天里

岁月,那么仓促,
如烟花瞬间散尽,
好像一晃就是一个轮回。

时光像是泥潭,
停滞久了,
成了岁月里的一粒泥沙。

春天里,看时光走远,
独步青山绿水中,
悠悠相忘。

一盏烛灯,一曲梵乐,
空灵缥缈的浅吟,
将流年的往事搁在天边。

记忆中,
繁华落尽,曲终人散,
看二月二飘飞的花瓣,
情已消逝,爱恨流离。

远方,
一座青山,一弯新月,
一山绿草,一滴晨露,
斑驳点点,褶褶皱皱。

春天里，
轻盈地走向远方，
烟雨朦胧，帷幔落下，
便可安然。

春雨又沐二月二

午后的阳光，
穿过半掩的玻璃窗，
洒落在案头的兰花上，
吻着兰的郁绿与清香。

春风拂面，乍暖还寒，
捕捉一缕阳光，一片彩云，
在三角槭的嫩芽里，
填写一笔翠绿，
让春色弥漫开来，
缄默出一天最美的时光。

傍晚，流浪的脚步，
依然静默在天空下，
等待那渐渐淡落的夕阳。
春风携着天边的彩云，
流浪在匆匆的落日余晖中。

此时此刻，
心已微微地颤抖，
蒸腾的湿气弥散四周，
浸润着每一个细胞。

风打枝头，月儿弯，
一抹月光轻泻在身上。
恬淡的呼吸，

填补那失望的空白。

独守岁月,狂欢春天,
我愿意如此
沉浸在如诗般的春风中,
等待明年
春雨又沐二月二。

等风

春雨飘洒细如丝，
春风荡漾暖如棉。

等风
酝酿一场盛大的春事，
越过冬日里那一片梅香。

浅黄现，新绿簇，
晕开一抹桃色，
飞歌天籁。

我在某个滴露的早晨，
把山坡涂成一片粉红，
曦光绽开它所有颜色。
然后
于烟雨朦胧处，
拢些许花香，
走进百花盛开的春天。

深夜里独坐在小屋中，
等待一株心事发芽，
让沉默的幽欢，
开出一朵惆怅的花。

不敢靠近，
又不忍远离，

那风中的花,
永远流着悲伤的泪。

邂逅,
不问花开几重,
落过几许。

漫步青青草色里,
我只撷取一季葱茏,
装饰成最美的风景珍藏。

等你，共赴一场春暖花开

燕子衔来一抹馨香，
春风晕染了这个春天。
一束束花事璀璨，
一缕缕春风徜徉。

凉薄渐消，暖意翩跹，
窗前的玉兰像刚睡醒的样子，
懒懒地在春寒中缓缓地睁开了眼，
已然带着的香气弥漫了天际。

只等一江春水，
荡漾心间。
那洁白的玉兰花头戴清露，
轻颤枝头，
繁华处只与时光有关。

粼粼春水，漾接微翠。
不觉间，
蔷薇爬满了老墙，美得让人心醉。
晨露把叶片滋润喂养，
不喧不闹不张扬。

脚步一迈，溪水漾动，
剪一段春光寄流年，
抛却红尘皈依佛门。

微风起时，吟唱曦光，
潋滟一池碧水。
一阵春风十里荡漾，
妖娆浅醉，续写春光。

这个春天，携花而来，
等你，共赴一场春暖花开。

父亲

微寒，夕光中，
山坡上的树木黑成一排，
万物迅疾投入深沉的暮色中。
归家的众多声响，
在暮色中喧嚣。

每当此时，电话响起，
总能听到父亲唤我回家的声音，
那铿锵温暖的声音穿透心房。
从玉兰花怒放，到蜡梅初绽，
从初春到暮冬，岁岁年年都如此。
这就是父亲，永远守护着我。

您有力的臂膀，是我童年的港湾。
在那艰难的岁月里，您不畏贫穷，
昂首挺立，似山岭上的苍松。
您不畏疲倦，追赶着每天的朝阳，
只为扛起生活的重担和实现孩子们的愿望。
这就是父亲，永远不言劳苦。

我独自在汹涌的水面上飞，迷失了方向，
您就如一盏明灯在黑夜里，把我的心照亮。
您苦心找寻我失去的方向，
如春天的雨，给我清新的滋润，
让我强壮，让我在人生的长河中乘风破浪。
这就是父亲，永远为我指引方向。

累了倦了的时候，您总是呵护着我，
坚实的肩膀为我承载着悲凉，
给我一对充满自信、骄傲的翅膀。
您让我在这个颠沛的世界自由地飞翔，
让我在幸福的路上放声歌唱。
这就是父亲，永远是我依靠的港湾。

无论我身在何处，漂泊何方，
您沧桑的双手，是我人生的双桨。
您像一座高山，蕴藏着万物，
哺育我成长，让我云游四方。
这就是父亲，永远是我灿烂的阳光。

曾几何时，中年的我依偎在您的身旁，
您温暖的胸膛，是我心中的伊甸园。
是您，如春雨滋润我的诗行，
给我一束束阳光，让我尽情地舒展绽放，
让我的生活，处处温馨欢畅。
这就是父亲，永远是我力量的源泉。

昂首新春，迎丁酉吉瑞。
紫气雍和，享父爱如春。
此刻，您就是我心中圣洁的佛，
是我心中的那朵五彩祥云。

这就是父亲：
是夏日的阳光，热烈而灿烂；
是秦岭的山峦，坚挺而伟岸；
是山间的泉水，清冽而甘甜。
是父爱令我人生的基石稳固，
万爱千恩百苦，疼我孰如父亲？

在湛蓝的天空下，
我放声歌颂我的父亲，
歌颂我年迈而伟大的父亲。

馥郁流年

青柳曼舞,
一坡桃色。
绿的氛围,红的点染,
成就了大地的绝美。

点点花影,
渐次绽放。
那十里的爱恋,
潋滟出今生今世的缠绵。

轻轻寻,一枚念。
昨日的梦,未实现,
今日的花,飞满天。
酿一壶桃色新酒,
入了喉,将时光定格于心间。

弹一曲尘缘旧梦,
循心迹缓缓前行。
伸手握住那颤颤花枝,
在风中浅笑曼舞,轻拂芳菲。
迷醉了一双眼眸,
换来了一世的生机盎然。

时光,终因与一场百花盛开的相逢,
而妖娆美丽。

时光荏苒，
一季桃李红白，如霞似锦，
漫过岁月的痕迹。
看山花烂漫，
邀空蒙山色，
诉说人生的无奈。

翻看岁月的日记，
慢数往昔的尘缘。
展一阕心语，
借一季暖香，
抒发心中的欢喜淡然。

春风骀荡，
珍藏一袖清寂。
梁燕相惜，
归隐田园把心灵舒展，
或悲或喜，随意安然。

每一天，日出月落，
平淡地挽着时光，
在春天里行走。
眸里有景，心中有爱。

孤独

春意深处,夜微寒,
月夜独醉,顾影自怜。
此时,常有逼人的寒冷,
漫过心口。

一个人在寂静中陶醉,
呼应着孤独的灵魂。
此刻,孤独是一种境界,
是夜与灵魂的交织,
是一个人的狂欢。

孤独的人,
高冷而又温暖。
一颗心如同杯中的一片茶叶,
浮上来,又沉下去,
寻找时光的印痕。

月夜深处的盛宴,
苦得像茶。
苦中那缕清香,
傲得像兰。
高挂一脸秋霜,
独自品味红尘滋味。

其实,孤独也是一种美,

孤独的味道令人难以忘记。
空谷寂寞冷，孤独闹春天，
遗忘喧嚣，宁静洒脱。

后会无期

入窗的风,
吹落了书桌上凌乱的诗篇。

独坐窗前,
心中藏着一分牵挂。

似树叶牵挂根,
似雄鹰牵挂蓝天。

莫名的,
此刻心情清澈、甜美。

忽然间想问候一下那分牵挂,
然后喊出整个春天的忧郁。

一个甜美的恍然而过的梦境,
因千百次的记忆而深刻。

每一分孤独,
都是高傲的绽放,
亦真亦幻。

后来

雨过天晴,
清新的空气,水晶般的阳光,
如此明净,你不禁把盛开的杏花寻觅。

而你的心,
感受到的却是山楂花淡然的气息。

各类植物,
给世界增添多样的图案。

天穹空旷,
大地似乎发出寂寥的悲叹。

周围悄无声息,只有风过时,
你能在远方的花园和果园里,
听到低沉的抽芽声。

这是明媚的春天,
这是即将逝去的春天。

祭奠已逝的爱情

渭水岸，雨雾天，
放眼云帆已悠远。
烟雨落，叩心弦，
轻风带雨，我犹怜。
孤单的脚步，灵魂在忧伤。

在雨中，
清洗世间风尘，
让细雨淋湿我的衣衫，
打湿我的心田。
朦胧的夜色，
落寞，孤单，无人怜，
让泣血的心，随雨丝哭泣。

此时，
泪水已默然落下，
心也变得潮湿起来。
听，这雨声滴答，
把思念倾诉。
看，这细雨蒙蒙，
是祭文一篇。

为了你倾尽所有，
抛弃了尘世浮华。
枯萎了亲情，麻木了灵魂，
累到心底，痛彻心扉，

感动了的天地在哭泣。

在今天,
我用一场盛大的春雨,
用泪水浸泡的泥土,
把你埋葬,
祭奠已逝的爱情。

惊蛰

这一刻，
春风又起，花雨满天，
蝶飞草青，玫瑰花开。

不经意间，玉兰花开，
瓣瓣幽香，悠悠飘逸，
入心间。

芳香花语，
呢喃在春暖花开的今天。
馨香的爱恋，
流淌着涓涓的思念。

在今天，
万物复苏的时节，
温暖了柔情，增添了美丽。
一世爱恋，一世相思，
一世温暖相依，
将一世柔情置于心间。

惊蛰时节，
聆听地下蝉虫萌动，
动听而惊艳。
期待着二月二节日里的温暖。

静静的子夜

就这么静静地
度过这个平淡的子夜。
因为想起了你，
这个夜晚变得美丽而忧郁。

我喜欢这么静的夜晚，
让自己的心，
有了柔柔的疼痛
和幸福的甜蜜。

不经意间，
我会静静地想起你的名字，
想那幽幽月华下的相依，
其实这也是一种幸福。

这幸福就像是一块水晶，
干干净净，透彻清亮，
反射出艳丽的五光十色，
既坚韧又脆弱，
既可以为所欲为地欣赏，
又需要小心翼翼地呵护。

其实这也是一种希冀，
闭上眼睛，
就这么静静地，静静地，
想起你。

廊桥

渭水廊桥，
夜夜灯火璀璨。
电影《廊桥遗梦》主题曲的旋律
如泣如诉。
乐曲伴着霓虹、月华和水中的波光，
悄无声息地奔向东方。

廊桥边，
我透过一只装黑啤的玻璃杯，
看见了摇晃的你。
溅起的泡沫，
跌落在你的嘴角，
丑陋着这个城市。

拈一根草茎闲庭信步，
那树上还未睡去的斑鸠，
聆听着你酒后的表白。
哈欠之后，它伸展羽翼，
进入了春的梦境。

烟气缭绕着倦意，
即便是春暖花开，
你也无法收获灿烂。
早晨起来，换一副面孔，
满世界风和日丽。

浪漫如花女人节

三月的春天，景致润美。
悄然间，和风吹开朵朵花蕊，
含羞的女子
盛放出夺目的动人与妩媚。

在时光淬砺中，
女子悦目、静美。
行走在这三月节日里的女子，
眸里清澄，如雪花纯净，
心怀温柔，似潭中静水。

在今天，
春天的阳光邀约女子，
聆听一朵花开的声音。
她于水岸边，
拂去浮动的心尘，
把美丽的心情沉淀，
只为今天的浪漫与心之温暖。

在今天，
女子穿着美丽的旗袍，
袒露出白皙的肌肤，
深情地穿越光阴，
坐在石鼓山畔，一九四一年的机车旁，
让节日里灿烂的阳光亲吻。

在今天，
在皎洁的月色中，女子静坐长亭，
漫步小径，醉意绵绵。
女子把喧嚣的心声归隐，
聆听那闲暇于庭院深处的足音，
率性而自由。

在今天，
浪漫的节日里，
讴歌女子的绝色嫣然。
她从三月走来，
带着山花烂漫的美好，
让灵魂充盈春天的香气。

女子在鸟语花香、青山绿水间，
以一颗出尘的心，品读人生，
不屑争宠，不慕风情。

今日守一静默，用心灵的墨香，
写给节日里如花的女子。

梨花的天空

午后沐浴着三月春风，
在迷人的山涧蓦然发现，
远山的坡地一树树梨花，
已然绽放为满天的白。

洁白的花，粉红的蕊，嫩绿的芽，
遍野满山。
花儿在春风里吐露生机，
仿佛听到它们咿呀的昵语，
似在述说着春天里的故事。

沉醉在这梨花的天空下，
一抹温暖在心间萦绕。
此岸，以梨白作序，
勾勒心中那安暖的缘。

梨花不华丽、不刺眼，
有着不张扬的明媚，
有着冬日里，
白梅初绽的冰清玉洁。
不惊艳，却入眼。
不勾人，却入心。

眸里的"懂得"，
传达着心灵的相惜。
在心底，一树梨白，

诠释了等待。

如今，
梨花已绽放了欣喜的白，
在这等待里，
写下相思。
深知，
那虽是眸里的云淡风轻，
却是镌刻在心间的浓墨重彩。

因此，习惯了等待，
便不在孤单里徘徊。
静默的情怀，
是暖暖的爱。

唯愿，
在梨花天空下，
静静地在灵魂里栖息，
思念伊人舞动的翩翩身姿，
恬静如斯。

落心，入画

逝去的季节落入尘埃中，
春风与花睡在青青的岸边。

在缭绕的寒烟里，
静静地握着一枚叶片，
走向更远的地方，
带走了岁月的年轮。

当夜，
落下帷幕的时候，
遗落的明媚，
在清寒柔婉的夜，
开成了鲜艳的花。

于这样的夜，
斟一杯香茶，
静听尘世纷扰。
花开的声音，
醉了夜色，淡了春水。

喃喃梵音，洗尽铅华，
用心绪扎成的拂尘，
一遍一遍地掸落春事，
猝然凝成一滴晨露，
落心，入画。

命运的交响曲

人生路上，
不仅有春天的花期，
也有秋日的风尘。
美好的故事，
充满了疲惫和辛酸，
以及无数的徘徊与挣扎。

匆匆追随的是
春暖花开，花月相伴；
想得到的是
相依而生，同根而息。
可谁又能给谁最熨帖的交代？
每天，最想的人是你，
你是那缕我能够感觉得到，
却拥抱不到的春风。

笑着说再见，再见遥遥无期，
熟悉的气息是一种悲凉的暖意。
花谢之后，
故事藏在春天的心底。
最美的经历，
亦是最痛的风景。
最想忘记的，
是那个最难以忘记的你。

最美好的是思念你时，
你也在思念我。
这就是命运的交响曲，
是多么美丽的结束语。

你从春天向我走来

喜欢今天的时光，
和煦的暖阳，
抚摸脸庞。
在温暖的阳光里小憩，
沉醉，遐想。

那些，
近了又远的念，
依稀辗转，
仿佛昨日重现。

坐在这春天里，
风吹着这柳，
柳倚着这岸，
一处倒影，一段华光。

远远地，我看见，
你从春天向我走来。

你是我生命里那一抹最美的留白

风漫心窗,雨丝轻荡,
看花开几许,雨落几重。
庭院深处,落花无言,
堆积着如织的往事。

一句心语,
因为有人聆听而美丽。
内心的惆怅,
伴我走过,一季飞絮的美丽。

沐一场飞舞的花雨,
让记忆融进爱的花蕾,
在凝眸的刹那,肆意绽放。
默默的情意,
在雨天潮湿了心绪。

故事里,
没有对白,只有心语。
于是,轻轻地,
将春天里潮湿的泥土挖开,
把缠绵的烟雨掩埋,
只记下你回眸时不语的笑颜。

怅然忆起,
那一场春暖花开的时光,
还未来得及靠近,

已随细雨消逝。

回首，过往的经历，
早已让心如镜。
拾起的，放下的，
都成了岁月中的禅意。

诉温情，醉相依。
让这回眸的邂逅，
幻化成诗意，
浅浅晕开。

岁月匆匆，若再相见，
沐一抹阳光，不问花开花落。
思绪如烟，墨香为念，
独自行走在这长满青苔的时光里，
幽幽地铺开流年的长卷。

扯一丝蒙蒙细雨，
在漂泊云水间，
写下初心不改的誓言，
纪念我生命中最美的留白。

念

念，如青果，
苦涩，暗生于心底。
风徐徐，月皎皎，
行千里路，过万重山。

经，沧海桑田，
历，悲欢离合，
终究逃不过宿命，
宛若落花那无言的结局。
念，无言语，
虽无利刺，却伤心脾。
静静相望，微笑珍惜，
于波澜渐起的日子，
默默地离去，放弃。

安然品茗，凝听春的乐曲，
嬉戏笑闹，无忧亦无虑。
快乐于曾经的岁月，
听风奏响如水的年华，
依然独自美丽。

风雨坎坷中，
欣赏春去花落。
在如歌的岁月里，
心自在，人欢喜。

彷徨

三月早春，
慵懒中透着忧郁。
点点萌发的绿色，
掩盖了旷野的凄凉。
站在岸边，凝望远方，
略有一丝彷徨。

是等烟雨蒙蒙中的那把油纸伞，
还是在春光中，
寻找那一袭白素衣。
其实，只想在滴露的清晨，
坐于桃花林中，
静猜春天里的谜语。

不画风景，不诉忧伤，
只想用晨露润满笔锋，
涂鸦春的画卷。
让忧伤，
幻化成山林中的清烟，
为春天增添一丝淡雅柔美。

静听梵音悠悠，暮鼓晨钟，
孤影淡然，空自来。

铺满心底的春意

风起时，
将回忆的种子葬于花下。
待今年春暖花开，
摘一朵玉兰花泡酒。

观风尘，似锦年华。
准许独醉的孤独，
望清月，翩翩起舞。

纷扰的世界清静了，
若有若无的思绪，
铺满心底，开始蔓延。
拥抱光明，暖了时光，
忘了忧郁，铭刻了记忆。

悠扬的乐曲，
从墙缝挤进来，
抚慰了心头的荒凉。
放不下的心绪，
成为今生唯一的执念。

看到了一片花海，
开在岸边，百花争艳，
尽是铺满心底的春意盎然。

缱绻在水一方

那个微冷的傍晚,
悠然的春风荡在心田。
驾车在立春的季节,
寻找着久别的爱恋。

听着熟悉的音乐,
把春的味道珍藏。
此岸彼岸,
相遇是久久的期盼。

在涂满了晚霞的天边,
还有滚烫的词赋,
见证着爱情。
默默心语,
缭绕的是内心的呼唤,
灵犀的默契存在于枕畔眉间。

这个春天,
慢煮着时光。
隔一层山水,
种下粒粒花籽儿,
真真切切地在春日绽放。

如果时间可以倒流,
我愿回到记忆的故乡。
那些泪涌的思念,

子夜的怀想，
连同着永恒的记忆，
都散发着诱人的芳香。

红尘滚滚，
我愿在心灵的深处，
修建出一处别墅，
默默地把爱供养。
共影落座，浅吟低唱，
把不老的情怀缱绻在水一方。

清明时节

黄昏，街边，
小雨淅沥。
烟雨朦胧了街灯，
细细的、蒙蒙的，
如诗如画。

沙沙的雨，绕过耳际，
敲打在树枝上，
轻轻的、柔柔的，
似一首曼妙的乐曲。

滴滴答答的雨，
潮湿了双眼，
清润了心底。

在今天，清明时节，
迎着风，迎着雨，
迎着这夜色朦胧，
任雨丝，
打湿头发和衣衫，
凉凉地浸透心房。
让这如丝细雨，
悲咽着把心事祭奠。

然后，
把暖暖的柔情，

风风雨雨的过往，
曾经的故事收卷起来，
平静地埋葬。
在坟茔的墓碑上刻下晚春，
只为纪念那逝去的爱情。

情人

当我开始怀疑自己记忆的时候，
你用一个长长的故事，
酝酿花开，蝶舞。

在遥远的午后，
你怀抱着春天的明媚、夏天的浪漫，
无声地经过我的生命。

于是我在岁月的后面，
轻拾那寥寥落英，细心卷藏，
在余生宁静的光阴里生香。

将豁达与从容，
还原成本真的自己，
在一汪清泉中滋生着幸福与惆怅。

旧时光里，总会有零落的心事，
从眉弯轻轻掠过，
只是不会再掀起浩荡的波澜。
禅意，修行成一季的水墨青莲。

待风起，便有了落花的浪漫，
一场花开的欢喜。
将心事化作一地落花的独白，
一半是优雅，一半是珍惜。

我哭了，
我知道你看到的是一片灰色的天空，
握不住红花与绿叶的希望，
那遥远的爱如此悠长。

终于我明白了，
情人是一抹绯红的朝阳，
一个长长的故事，
是满眼春光的祈望与守候，
一丝含香花雨的浪漫。

此时此刻，我将往事装进行囊，
背起那六年的春风秋雨，
向着心念的地方，孤独地起程。

走过山水相依，花开锦绣，
走过彼此留存心底的那分感动，
不遗失，终难忘。

如花的季节

缤纷世界,走在路上,
遇人万千。
在四月,
惊鸿一瞥,春暖花开。

春日暖阳温暖心间,
悠悠地,你来了,
如掠过渭水的惊鸿。
姗姗地,你来了,
如春天枝头轻颤的花朵。

揽你入怀,
轻吻你的世界,
抚摸你似水的温柔,
楚楚惹人怜。

这就是四月的春天。
排解相思意。

如若可以

阳光落在脸颊，
一季的花香萦绕。
水岸、坡地，
所有的花竞相开放，
追逐着，染香了时光。

不是每个月都有花的绽放，
在姹紫嫣红的记忆里，
不论风云变幻，只要绽放，
便是最好的时光。

在四月明媚的春光里，
约你去看一片花海。
带着一份闲情亲近自然，
抚过风的轻柔，
草的葱绿，花的芬芳。
在这妖娆的春天里，
聆听生命的律动。

如若可以，你淡扫蛾眉，
穿一袭素白长衫，
在花丛中追赶一只蝴蝶。
任长发飞舞，任裙裾飘飘，
让风轻轻地吻过你的嘴角，
留下你最美的年华。

春日，总会在不经意的时候，
送你一份美好，一片花海，
一份春天最美的灿烂与精彩。

你永远是春天里最美的风景。

三十年，再聚首

有一种期盼，
在岁月沧桑中翘首，
在此岸与彼岸间张望。
曾经多次想起，
校园里的欢乐时光。
那友谊的巨轮，
在浩瀚的汪洋里乘风破浪。
载着三十年的真诚，
在每个人的心中航行。

那重逢的感动，
是热泪，是久违的拥抱，
是如诗的浪漫，
是奔放的热情。

有一种情谊无关风月，
纯得一尘不染，
亲得无话不说。

有一种美好，是再度重逢，
三十年沧桑，深情不变，
只是岁月匆匆。
那份至纯至洁的友谊，
在今天，绽放出喜悦。

时间盈满了岁月的深情，

友情在流年中沉淀出醇香。

离开校园的我们虽各奔东西，
但有一种思念，
在心与心之间。

时间的长河里，
总有同学的情谊
在不同城市里诉说着传奇，
传递着校园的天真欢愉。

此刻，拥抱就是语言，
再也无法抑制这来自心底深处的情感。

掬一捧烂漫山花，
在白色鸥鸟飞翔的天空下
享受时光。

趁着我还没有老去，还没有健忘，
记住每一个人的笑脸，
还有年少时开满野百合的春天，
直到暮老苍年。

将童年的时光，
种在心底，
拂去尘埃，
待春光灿烂的时节翻开。
一段段回忆绽放成欢聚的喜悦，
那些曾经留下的遗憾，
在今宵的欢聚中，烟消云散。

三十年的磨砺，
即便脸上被岁月刻了痕迹，

却依然保持着美丽，
岁月悠悠，如歌如梦。

这座城市，在视野中舒展，
这所学校，在记忆中难忘，
这些同学，在洒满阳光的季节里张扬。
从这里起航，拾起泥土的芬芳，
揣着自己的梦想，再次走向远方。

亲爱的同学们，来吧，
找点时间，找点空闲，
端起你的酒杯，
共敬人生的大好年华。

诗卷里的幽香

很想在春天里看见你，
听着花开的声音，
在呓语中走进那弥香的原野。

很想伴着你，
看柳叶飘飞，春花烂漫。
繁花盛开的季节，
你温柔了风，浸润了眸，
也点缀了春天。

你在静谧的花丛中起舞，
缱绻着春姑娘的柔肠。
你超然的气质，
打动了明媚的春光。

容颜如水，
你一次次将我诱惑。
带着泥土的淡淡芬芳，
一抹馨香，灵动了翰墨的幻想。

很想把你的
容颜在记忆里折叠，
把逐渐朦胧的往事，
用优美的文字，诉诸笔端，
把不曾相见的你，
书写于洁白的纸笺。

不是为了取悦，
不是为了回味，
只是每晚都想多看你一眼。
细细聆听你如春雨般的呢喃，
然后，把你藏在我的诗卷里，
幽香依然。

随风飘扬

初春，很静，
静到可以听到心跳声音。
拾起，轻吻，
尘世的喧嚣与繁华。

回首处，
恍如一梦惊醒。
多少人生的叹惋，
穿插在锦瑟流年，
是写不完的伤感。

山水间，
逃避的喧嚣，
静静地在春水中徜徉。
轻描淡写，几度萧瑟，
却不知孤独为谁起，为谁落。

站在原地，
当春光渐渐退去，
缠绵依旧。
而后，如大漠长烟，
飘荡在那眸光不曾触及的地方。

又一个春天，
妖娆花影凝聚碧空下，

那一滴清泪，
随年华流淌，
我亦随风飘扬。

踏青

倚在春水间,
天蓝蓝,云淡淡,
水碧碧,风浅浅。

偷得浮生半日闲,
闲暇的光阴,
融入自然。

素衣,闲心,
闻花香,赏渭水,
一湾碧绿,在春天。

或许生命里,
只要来过,
就是最好的际遇。

此时,
花开了,柳绿了,
心醉了。

听雨

春夜里，
听雨从天际深处，
滴落大地的声音，
像一首春的交响曲，
演绎着怡人、动人的浪漫。

每个人心底，
都会有一段艰难的时光。
那些滴泪的日子，
依然在最美的雨天闪现心底。
像一朵初开的玉兰，
洁净淡雅，写满了回忆。

雨丝细密，
雨声天籁般凄美。
闭上眼，静静听，
像瓶中的一朵百合，
无惊无扰，闲情素淡。
她的美，曾经过，
仅此而已。
我是如此喜欢这寂静，
可以深沉，可以简单。

想念晴天的明媚

春天的雨水分外多，
才晴了一天，
又是连绵的阴雨。
烟雨蒙蒙，
让心多了几分潮气。

湿漉漉的心事，
水灵灵的春天，
如烟似雾，如梦似幻。

在雨中，打一把伞，
望着蒙蒙烟雨，
忍不住想温暖的阳光，
想晴天的明媚，
想太阳出来后，
选一个丽日，
去踏青。

携一份春意盎然的心情，
在郊外，或山坡，
静坐、观赏、冥想，
如此，便是一段静美的好时光。

心在春天里行走

最美的事情，
就是一场绝艳的红尘相遇。
留下一生的回忆，
是甜蜜，是绚烂多彩。

曾经在桃园闻四溢芳香，
如今思念是隐忍的痛，
默默承受。

曾经思念的爱，
从遥远的梦里走来。
湿润的唇齿之间，
总是有无尽的欢声笑语。

好想亲吻你的脸颊，
醉倒在你的梦里。
用轻柔的言语，
抚慰心中的爱。

如今在明媚的春光里，
撷取一寸春光暖你双手。
结下尘世的情缘，
让绚烂的爱情刻骨铭心。

这时心在春天里行走，
甜甜的笑在阳光下幸福绽放，

绽放出清雅的美丽。

今生，做你最美的知己，
在浅薄的尘埃中，
铭记你的名字，
无人代替。

此时，
记住你最美的模样，
用爱陪你飞翔。

燕子

燕子，从柳梢飞过，
绿波漾开清冽的河水。
折柳叶捻搓成笛，
吹出青翠欲滴，草长莺飞。

被春风吹开的羞涩桃花，
在温柔的风里，
绽放着自己的妩媚。
久违的笛声，成为一首诗，
放进心田里缄封。

多年后，
找一个晴朗的早晨，
将写给三月的诗集，
托风捎寄天涯。
或许，燕子会收到；
或许，会被一株正在发芽的
兰草捡到。

此刻，用春色
勾勒出山清水秀。
写下淡淡相思，
在烟花深处，
栽植一处柳暗花明。

然后，让阳光日日亲吻，

让微风时时轻拂。
拂过冬的寒凉,
拂过春的温暖,
与燕子一起飞翔。

也许已然淡忘

也许已然淡忘了，
淡忘了我的模样。

还记得那时的你优雅娇羞，
就像这窗外含苞的花朵，
常在风中寻觅。

如今，
伴着又一年的春风，
枝头的花蕾，
在渴望的眼神里湿润。

偶尔也会品着一壶烈酒，
酒醉后，
依旧还能嗅到花朵的芳香。

偶尔也会发会儿呆，
看夕阳晚霞，
忧伤的叹息。

叹息时光，
饱含着风霜与沧桑。

如今，
在这个飘着细雨的春天，
送去久违的问候。

枝头摇曳的花蕾，
在料峭的春寒里悄然绽放，
安居在我的院中。

夜漫长

凄清的夜，
春风穿过窗的缝隙，
送来《肖邦小夜曲》。
那音符，
如同绵密的细雨，
滋润着此刻的心田，
轻松而惬意。

待到二月二的春暖花开，
一个人在有明月的夜晚，
清清爽爽地行走，
简单而又自在，
将自己隐于夜的深处。

夜色孤灯，身影细长，
呼吸着快乐的气息，
回归本真。
拾起一地碎爱，
用一颗真心去呵护，
甘愿付出，默默守护。

得一知己足矣。
拾起前世今生的碎片，
等待曙光的祝福。

夜漫长。
剪，一夜的黑暗，
迎，清晨的鸟语花香。

伊人拾花，牡丹争艳

一

谷雨前后，春色正浓，
在晨曦微寒的那个清晨，
盈满天际的花香，
绕着湖岸坡地沁人心脾。

放眼望去，已是一片牡丹花海。
那娇美的花容，雍容的仪态，
绚丽的色彩，千娇百媚。
繁花竞放，艳冠群芳，
一派欣欣向荣的景象。

薄雾朦胧的晨光中，
美丽的伊人携着朝阳，
倚在堆堆红云里，
拾花而舞，与百花争艳，
分辨不出哪个更美。

二

一缕春风携着日月的华光，
辉映着牡丹，姹紫嫣红。
一株株，一朵朵，
花团锦簇，流光溢彩，
千层花冠，万缕花香，
不屈风骨，独自成园，
傲视百花，尽展芳容。

庭前天香，含芬吐芳，
雍容华贵，耀世开放。
霞灿灿，艳煌煌，
花开二十日，
一城之人皆为狂。

牡丹香，牡丹艳，
牡丹花朵，锦衣华裳。
雍容大气，富丽堂皇，
一派繁荣景象。

赏不完，叹不绝，
牡丹真国色，花开动京城。

忆难收，心扉乱

春雨滴答，落在岸边，
霓虹倒映，装点着水中的童话世界，
蛙声一片，唱响了夜的乐曲。
幽静的小路延伸到湖的彼岸，
静静地留下了夜的思念。

临水的依恋，
升起了梦里的袅袅浪漫。
相拥着，似隔着山水，
亲吻着，竟然忘了你的模样。
蓦然回首，在渭水之滨，
吟诵着一首心诗。

这一刻，
水光相接，水幽湖阔。
一盏摇曳的街灯，
透着淡淡的忧伤。

一场相约，一次遗恨，
挥霍了昔日的纯真。

忆难收，心扉乱，
花自飘零，泪已干。

樱花灿烂

正午漫步于原野,
恰好樱花开遍,春意汇。
眼波流连处,
幽香和灿烂携意而来,
让人怦然心动。

旧事在春天的枝头放逐,
神秘的留白,瘦尽的清寒。

十里春花,浩浩荡荡,
你的模样在空气里蔓延,
模糊了季节的万种风情。
点点落英,厚重的心事,
散落成一地斑驳的碎片。

一场绚烂,春意盎然,
是美丽的瞬间。
以一朵花的姿态,
于风中浅笑安然,
也是一段最美的华年。

忆起那年、那月,
扶栏赏花,香气满心田。
掬一捧心念,
于相遇的路口,
轻轻搁置。

樱花灿烂，如海浪漫。
在落日的余晖下，
静心听禅。

咏春

春天了,
柳条已然点满绿色,
嫩草开始萌芽。
花儿开得漫山遍野,
花蕊的柔嫩黄色,
就像淡彩点染。

碧盈盈的水面,
安静得出奇。
柳丝垂于水面,
不动声色,
波澜未惊。

燕子飞过细柳梢头,
推开春的门扉,
欢快地把春天歌唱。
燕过水面,轻波荡漾,
在落日飞霞的衬托下,
构成最美的人间春色。

此时此景,
水静,人闲,
心幽,景美。
每一处风景,
都朗润着春意盎然。

轻轻掀起一帘春色，
收获一份春暖花开。

我用第一抹新绿，
在心中写满期盼，
去守候一个春天。

与春色同行

花季,
感受春天的美丽,
蓝天白云四季飞歌,
古树苍天是时光的沉淀。

百年茶树,
只为伊人吐青。
采撷少许青叶放在心间,
轻舞飘动的衣裳,
让心喜悦。

往昔如梦,
静谧中品味悠扬的旋律。
放逐梦想,
带上阳光与清风昵语。
与花草对话,
微微浅笑,
剪一缕春风的柔,
拈些许茶芽的香。

花间旧事,蜂飞蝶舞,
错过茶期添几许苍凉。
经年以后故事泛黄,
墨香还在,茶香依然。
我将如故,
紧握一缕生活的芬芳,
与春色同行。

与你在一首诗里相遇

春日里，
撬开尘封已久的心绪，
让清风穿透心灵，
让花香氤氲每一条经脉。
在这纷纷扰扰的世间，
与你在一首诗里相遇。

于是，
我独自憧憬着，
着一袭白衣，
撷一抹暖暖的晨光，
借一场羞涩的小雨，
送给远方的你。

让这满树芳华，
停留在诗行里等你。
等你在炊烟升起的地方，
等你在吹落娇红的原野。
然后告诉你，
我的呓语。

告诉你，
我有甜蜜，也有忧伤。
我有爱着你的喜悦，
也有分离时的彷徨。
喜悦在明媚的春光里，

徘徊在朦胧的花田间。

晓梦春风扬柳丝,
拈取桃香披作衣。
做一个时间的过客,
看飞絮彩蝶,春云帘雨,
叹一别经年,梨花落尽。

微笑间,
动了念,生了情,
在一首诗里走进你的心底,
只因无法忘却。

月光下的白玉兰

夜无垠,
瘦月一弯,忧思淡淡。
那白玉兰淡淡的清香,
怎么就变幻成一缕惆怅?

月光下,情如丝,夜如水,
心事如月,半梦半醒。
携着洁白的玉兰,
在空灵里游荡,低吟浅唱。

只愿在彼岸,
静静地聆听你的低语,
让心绪随着月光下的白玉兰绽放。
月光下,远山如黛,等你从夜色中归来,
我们一起坐于窗前赏花吟唱,
打捞快乐时光,天涯咫尺,已成永恒。

只为心的快乐

有人说，
最美的时光在路上，
我却说，
最美的时光在心上。

春天来了，
天是蓝的，风是柔的，
阳光是暖的，
连飘逸的柳丝，
也开始变得柔婉了。

草色遥看近却无。
嫩绿的小草，
开始探出头来。
清澈的春水荡漾着，
把回忆温润。

或许，
灵山飞雪下的身影，
盈满了心田，沸腾了血液。
相思之情，
雀跃着，欢喜着，
涌进心房，
只为心的快乐。

子夜花开

今夜，看着花开，
枕着春风入眠。
粉红的花瓣，
在子夜中娇艳。

花朵纵情翩跹，
诱人的舞姿，
明媚了夜的阑珊，
滋生了漫长的思念。

花开的季节，
总是异想天开。
与花相见，如痴如醉，
时时念着，
花的红，叶的绿，夜的美。

不必解释，
即使无言，
也心生欢喜，
犹如一朵花开在心田。

无惧风雨，
无畏寒霜。
就这样与心的虬枝缠绕，
生生世世，永不枯萎。

一棵孤独的花树，
站在皎洁的月光下，
待春风吹过，
绽放出迷人的风采。
子夜花开，让爱辗转。

醉了春天

静静地坐在春的深处，
甜甜地过着有你相伴的日子。
那沁人心脾的花香，
悠悠地荡在心底，
把时光温馨。

你曾说，
喜欢花香的日子。
我便在这个春暖花开的季节，
邀你共赴一场红尘浪漫。
虽然也有美丽的误会，
但总是大笑开怀，
醉倒在春天。

真想把思念幻化成缠绵的春风，
轻拂心底柔软的角落，
吹散你心中的荒凉。
把花香盛满你每一个灿烂的日子，
浪漫而温暖。

温润的春意，
在我们彼此的心中，
轻歌曼舞，醉了春天。

夏風

XIA FENG

晨曦

晨曦中，
一缕明朗的阳光，
从那遥远的地平线上，
柔美地升起，
慢慢地舒展出一道如虹的光芒，
形成五彩的光晕，
仿佛在挥洒着夏天炽热的爱。

晨曦中，
美好的世界变得金碧辉煌。
白云变得洁白无瑕，
草尖上的露珠晶莹剔透，
平凡的风景也变成最美的图画。

是夏日的晨曦，
唤醒了人们对生命
无比虔诚的热爱。
我爱这美丽动人的夏日晨曦。

不语,亦是情深

安静的日子,
在季节的深处,
听一支小曲,
让心行走在往事中。
在熟悉的巷口,
看见绿荫爬满老墙。

寂静时光里,
坐在百花深处,
闻一缕芬芳,
守一寸光阴。
让简单的幸福,
流淌在夏日清风里。

如水的光阴,
借长堤垂柳为笔,
取渭水为墨抒写华章。
在清亮的时光里,
荷塘的月色晕染了深深浅浅的记忆。

夏夜未央,
月光照见青丝一缕,
鬓白两边。
光阴深处,
看窗前那弯月,
明亮着。

清风入雨,
心生清凉。
只愿一起慢慢变老,
不语,亦是情深。

茶语清香

在夕阳落下时，
寻静谧之处，沏一壶清茶。
让沉思如缕缕茶香，
从疲惫之躯中袅袅升腾。
于茶的韵味中，
再见曾经心中的山水风景。

浮生若梦，茶语清香，
取一瓢水，入壶、出汤。
汤色碧黄，浓醇甜香，
赏其妙，闻其香，品其味。
静听一首老歌，
借月光送去一缕清风，
悠然恬静，不惊不扰，自在随缘。

静坐于庭院石台，
于茶香中，
听取蝉鸣，与青蛙私语。
听夏风吹过耳畔的声音，
让心绪如这绕梁茶香，
飘来，散去，
洇染心灵，独饮到天明。

端午

夏的梦，
在端午的晨光中苏醒。
清清浅浅的江水，
在今天，
荡漾出层层涟漪，
流淌着一个永恒的故事。

风起时，
艾草在坡地溢出思念的味道，
一把艾草，煎熬出芳香。
将用河边苇叶包裹的粽子，
投入水中。

一代忠烈，
赳赳风骨，傲寒斗霜，
灼灼精神，荡气回肠。
那愤世《离骚》，
至今还在唱响，
年年岁岁弥漫悲鸣芬芳。

香甜的粽子，清冽的渭水，
追逐着大夫的身影。
艾香、粽叶、香囊，
与炽热的阳光，
听尽夏天的悲鸣哀号，
为远古的战士疗伤。

端午是你的节日，
啼切切，辗转于长夜，
路漫漫，上下而求索。
看今朝，高昂着头颅，
引吭高歌，端午你才绽放。

悲怜的节日，
闻着香艾，吃着香粽，
滴血而唱。
纪念已然逝去的灵魂，
清清浊浊，奠国殇。

浮萍

曾几何时，
我在一季一季的光阴里寻找着你，
有人说，你便是那个晴天。
阳光下一地碎影，
光斑点点，
留下了支离破碎的画面。

直到惊鸿划过眼前，
回首才发现，
已不知何年，
莫名的惆怅，被岁月轻轻掩埋。

生命，是一个婆娑世界。
那些披霜如衣的日子，
让对月的窗，憔悴成画中的景。

如若可以，我只想和你，
远行山野，煮茶赏雨。

伴着雨丝飘零，
播几行小字，种几垄浪漫，
随心落墨，写出如诗的你。

如若可以，我只想和你，
挽一缕清风，约一场细雨，
笑看浮萍，温暖相伴。

共赴一场夏天的盛会

一季花开妖娆，
像青春，
绽放着耀眼的光芒。
行走在铺满阳光的小径，
轻嗅风中的花香，
心思如露珠般晶莹剔透。
这个季节，
适合一个人的恬静。

一季风的轻盈，
穿过岁月的长廊，
摇醒了沉睡的风铃。
无论走多远，
荷花依旧映衬出月色的清婉，
释放出馨香。
转身将浓浓的思念，
安放于季节的转角，
不言不语。

夏来了，
蛰伏了一季的心事，
于季节的转角处，
悄然绚烂。
驻足聆听，
花开的声音。
在夏的斑斓中等你，
共赴一场夏天的盛会。

花开半夏的回忆

喜欢安静，
尤其这个季节，
雨水泛滥的日子。

于是渴望，
一个属于自己的院落，
安静的那种，
能容下自己足矣。

此时的光阴，属于我的，
虽凉，入心。
你我的身影，
偎依于此。
再有，
香茗一盏，闲书几卷，
圆月一轮，清风几缕。

拥有一个，
花开半夏的回忆。
夕阳深处，身影相随。
浅恨浓愁，散尽千叶。

花开花落

一个人的时光,
静谧、美丽。
那烦扰的思绪,
沉淀在简单的岁月里。

悄悄把心事揉碎,
在无言的沉默里。
让那难言的寂寞,
深藏在岁月中。

风起时,
落花漫天飞扬,
翩舞而落。

下雨时,
雨滴从天而降,
洋洋洒洒。

溜走的岁月,如此诗意,
又如此无奈,让人感怀。
如一叶轻舟,
急急驶来,又淡淡离去。

倾听风的呢喃,欣赏雨的飘落。
回望镌刻在记忆里的时光,
轻轻捧起那久远的回忆。

凝望，回味，
岁月在风雨的洗涤中，
宁静而美丽。

在静寂的时光中，
悄然而歌，
只为那一季的花开花落。

今夜

今夜，
静坐于窗前，
月光舒缓流淌。
蔓延的思绪，
如一粒尘埃，
低到了极致。

今夜，
窗外的月光如水。
盛夏的炎热
为心的薄凉而守望。

在夏天深处，
盈满一季的闲适。
有一份念，在心中，
像百合一样纯美，
默默地不去惊扰。
爱是疼痛，忧愁是甜蜜，
含泪的微笑，
才是永恒。

今夜美，
如天上宫阙，
如七色彩虹，
如我对你的爱，
执着、热烈。

立夏的五月，阳光晴好

珍惜着，珍惜着，
春还是慢慢老去了。
初夏来了，携着阳光，
美丽的云霞，悠然飘来。

一曲清音，一枝莲动，
曾经纠结的尘事，
如烟雾般轻盈飘逸着。
立夏的五月，阳光晴好，
鸟儿的欢唱，撩起心头的愉悦。

不经意间，已然几载，
回想起，心中充满感激。
一直相信，世间会有一种不散的情缘。
除了爱情，还会有份真挚的情意，
可以永远绵长，永远温馨。

夜半寂静的风
吹开心灵的云和月，
拂去眼中的沙和尘。
可以读懂的心，
无奈、彷徨。

远山在暮色里，
轮廓分明，
仿若光阴里的故事。

有些话我们不再提说，
有些事也不再提及。
因为光阴荏苒，
世事变迁。

今生有过一次相遇，
只与你。
相信有一种爱，
可以摄魂、入骨；
有一缕念，可以融入岁月的脉搏。

六月,人生最美的景致

这六月,
与阳光同行,回忆过往,
带着无比雀跃的心情。
在晨曦的明亮柔和里,
在清风吹开粉色窗帘的窗前,
在高尔夫球场的葱绿草坪上,
将最深的情意隐于心海。

我记得你,你记得我,
漫步在霞光里,
向草木倾诉,与自己独处。

这六月,
把最真的自己晾晒在艳阳下。
蹁跹的心事牵上季节的手,
漫游在细碎而清瘦的光阴里,
与深爱的人,在清晨擦肩而过。

六月,人生最美的景致。
与晨鸟言欢,与季节同行,
你在,我在,岁月在,爱便在。
我在六月里静静地等你。

路边的风景是初夏

一个人的时候,
习惯驾车进入山野,
沉溺于往事,
蜷缩在光阴中。
恍恍惚惚,泛滥了情感,
打开车窗,才知道
路边的风景是初夏。

似水流年,
风辗转四季,
怀念那些燃烧的语言。
相信爱的美丽,
采撷着如花的往事,
层层叠叠。

曾经的过往,
遗忘了谁,
又想起了谁。
在忙碌中,
没有留下痕迹,
像风中的轻尘,
无声无息地散去。

远山深处,
路边的风景依然是初夏。

慢煮时光

飞絮舞尽，夏瘦，
荷花满池，风愁。
落花勿拾，
散了香，成回忆。

余味残留，泪已干。
阴郁的天，乌云压顶，
还要遇到倾盆大雨。

心的欲望，
灼伤了盛夏的月光。
不说，泪已滴落，
在尘埃里开出娇艳的花朵。

想你，看看照片，
泪流满面，只苦不甜。
晚风吹来，抱紧自己，
多少叹息，随着月光袭来，
化作无言的山脉，绵延成海。

母亲

您脊梁的轮廓,
如太白山一样巍峨。
您用无私的奉献,
哺育我成长。
您绵长的母爱,
在岁月的长河中汇集成一首不朽的歌。

就这样,
母亲的爱在坎坷中绽放。
倚着您,
再大的风浪也平静得没有波澜。
您是我心中的佛,
是我的灵魂,是我永恒的港湾。

此时此刻,
我用清风拂去您的忧愁,
携一帘细雨洗去您双鬓的花白,
让感恩的泪滴幻化成音符,
谱写一首伟岸浩荡的爱之歌。

生命的湛恩,
在风霜雨雪中谱写成今天的交响乐。
让您的丰功伟绩传承,
让宇宙万物为您喝彩,
让家中子孙记住您,
我伟大的母亲。

那个身着旗袍的女子

我住荷塘北,你住荷塘南,
隔着一塘的莲香。
身着旗袍的女子,
身材曼妙,肌肤白皙,
用柔美温馨把时光浸染。

清脆的笛声,悠扬,
月光笼罩着一塘荷花。
那个身着旗袍的女子,
从笛声与荷花中翩翩而来,
纤细、曼妙、亭亭玉立。

那点点花红,
是月光下的荷塘绝色。
灵动得似粉色火焰,
婀娜多姿,独舞夏夜。

我渴望那个身着旗袍的女子
向我走来。梦与诗魂,
去了古朴的水街长廊,
穿过蒹葭水岸,长袖轻扬。

那个身着旗袍的女子,
将在夏日里芬芳盛开。

一些过往的故事,

悠扬在笛声中，随风飞扬，
蔓延在我的心房。

我渴望那个身着旗袍的女子，
穿越熙熙攘攘的红尘，
携着圣洁的念，奔向我的梦乡，
在梦中与我一起染就一夏的芳菲。

那年七月的夏天

那年七月的夏天，
枯枝披上浓绿的色彩。
你来到我身边，
一身粉色碎花连衣裙，
简简单单，
给我了最初的甜蜜。

那年七月的夏天，
你的情动了一池莲。
在傍晚高尔夫球场的绿茵上，
拥抱着你，心怦怦然。

那年七月的夏天，
冬雪早已飘散。
你的明眸让月光暗淡。
你牵着我的手，
带我走出爱的困惑，
给予我真实的情感。

此时，七月的夏天，
光阴一点点缩短，
孤单又一次新添。
谁还会坐在摇椅上，
悠然地想起
那年七月的夏天?

你是风，你是雨

分不清，
是夜美了，
还是夜孤独了。

闭上眼睛，
吟一曲夏夜的旋律，
慢慢舒展，低声浅语。
让那脉脉心语，
隐匿在夏夜里，
醉人而芬芳。

夜空寂，
总也分不清
你是风，还是雨。

你是风，
摇曳了苦夏忧郁，
带走了一池莲的香气。
你把岁月雕刻成记忆，
浩瀚沉寂。

你是雨，
绵软地漫步在
莲塘的深处。
浸湿了季节的清梦，
坠落心底。

往事在夜色里，
一瓣一瓣地凝聚，
又渐渐地散去。
我带着相思，
化作一只鸥鸟，
随你而去。

七月的莲花

七月的莲花,
静谧地享受着阳光,
从清晨到日暮。

琐碎繁杂的回忆中,
不曾被岁月修剪的往事,
缠绕那棉花般柔软的爱情。

所有的等待,都成为
七月生莲的港湾里
一处焕然的景致。
那莲花载着我的感动,
漂到今生的锦瑟华年。

白发素颜的时光里,
泪滴滑落,凄凄然。
遥远的岁月,
少了一盏烛火摇曳。

影影绰绰中,
尘世喧嚣已是皓首,
娇柔清甜亦是冷霜。

七月的莲花,
安然于渐逝的时光中,
黄昏下,平凡而美好。

如果，不曾相遇

如果，不曾相遇，
怎会把你锁进我的城里？
那些斑斓的浪漫，
怎会嵌入白羊座孤傲的心里？

如果，不曾相遇，
那夏夜里的蜘蛛又怎会把你网在梦里？
梦中的愉悦，
又怎会温暖了星光璀璨的长夜？

如果，不曾相遇，
那窗外蝉儿的鸣叫怎会带着心语？
多少挚爱无声地写进了四季的诗里，
晨曦灿烂，馨香四溢。

如果，不曾相遇，
喜鹊怎会衔来落花堆叠在我的桌前？
筑花成冢，只为走了又来的你，
幽幽尘曲，脉脉诗意。

如果，不曾相遇，
怎会有青蛙奏响夏夜清曲？
多少感动又埋在了心底，
变成了时光里的你。

为心，为你，

从朝露到晚霞，
静候风轻云淡，春花灿烂。

最后，就像悲剧里的桃花，
把你连同春天一起葬在地下。

听风呢喃

阳光穿过树林，
斑驳了一地的光阴。
风释放出独有的清香，
轻拈一朵莲的微笑，
充盈了清凉的世界。

镌刻的时光，
久远的回忆，
凝望，回味。
感叹岁月的流逝，
脚步在风雨中洗涤，
越发稳健。

就这样，静静地
听风轻轻地拂过耳边，
似雨敲打岁月的窗。
让那些过往，
在岁月里拆装，
在夏天里珍藏。

同窗携手游太白

六月的清晨，
拈着花香，背着行囊，
我们一起走在登山的路上。
有你同行有阳光相伴，
快乐无限。

山路崎岖，但步履矫健，
深呼吸，让空气负离子沁入肺腑，
将不惑之年的困顿抛到九霄云外。

我拉着同桌的你，你拉着曾经的他，
听鸟鸣山涧，看潺泉秀水。
葱绿的树林，明媚的阳光，
驱散了山中的冷雾，温暖了心田。

行走在山间小径，让心融入自然。
观长瀑飞溅，击石震耳，倾入深潭。
山峦青翠，亭台檐楹覆满青苔。
谷中游云腾越，缭绕山间。

与同桌，乘索道，
不知是我们的笑声感染了太白山，
还是太白山的绝美景色影响了我们，
那满山的杜鹃花摇曳着身姿，
像仙子一样面带笑容迎接我们的到来。

下了缆车，只见云海翻腾，
云雾时而浓郁，时而消散。
就这样，我们手拉手攀登在山脊上，
沿着木板铺成的小径，游走到峰顶。
我们像儿时一样互相嬉闹着、帮扶着，
穿云层，跨峻岭，直到山巅。

此刻，那云朵似乎挂在举手可摘的地方，
我们似行走在人间仙境，心旷神怡。
雾气缭绕、山风吹拂、花香四溢，
在太白险峻的峰巅上，记忆这相聚的喜悦，
将之诉诸笔端，幸福满天。

倚青山，俯渭水，
紫气东来，祥云环绕。
我们相互搀扶着来到天圆地方，
然后我们举起双手捧起蓝天，
齐诵相聚的主题：
三十年风雨儿时梦，千万里同聚太白山。

童年

童年，
是在清晨里奔跑，
与太阳撞个满怀的欢畅。
是迎着明媚的阳光，
同小伙伴带着欢声笑语，
在清姜河畔迎接流水潺潺的惬意。

童年，
是蛙声、蝉鸣合奏的圆舞曲。
我们折着三角，吃着冰棍，
荡着操场上的秋千，
盼望放学的钟声敲响，
等待游戏的时间。

童年，
是跳跃在微风送爽的秋天的欢愉。
是在湛蓝的天空下，
追逐蜻蜓飞舞穿梭的意趣。
是纯真无忧的美好，
是畅快淋漓的嬉戏，
是天真无邪的情怀。

童年，
藏在细雨蒙蒙的山坡，
躲在荞麦青青的田野。
我们忘记了老师的声音，

呼朋引伴,
奔向鱼跃蝶舞的公园。

多想再回到童年。

我的自传

中庸的岁月,
掩盖了世间的欢愉,
让潺热的夏天再次狰狞,
恐惧于心。

在白昼口若悬河,
流汗、流泪,还流血。
为了一个普通的梦想,
频繁地与人交流,
只是要让自己傲立,像竹、像兰。

我向黑夜求饶,
让寂静多一些笑容与欢乐。
几本闲书,几行小字,
仅仅是为了把日子填满。
其实,我仅仅是一篇草稿,
从未真正完成心愿。

生活曾无数次被我设计,
我也被生活毫不犹豫地否定过。
笑过、哭过、愤怒过,
想做一件轰轰烈烈的事,
却无法找寻世间的平衡。
我幻想幸福,
却被现实无数次地压垮。

恍惚间，
用脚步丈量的道路，
横亘在眼前。
听到过的名言，
设想过的未来，
是隐形的波浪滔天。
于是我记下"奋斗"二字，
与现实合龙，找寻我的方向，
以此，换来今天的激昂斗志。

五月的风，五月的雨

那些年，
五月的风，
轻柔地穿梭在耳畔，
依着一朵莲的心事，把时光浸染。

那些年，
五月的雨，
悠然地淋湿了眼眸，
依着那五月的花香，飘向远方。

每个人的心中，
都有一处风景无法遗忘，
那是心灵深处挥之不去的一抹夕阳。

那些年，
五月的时光，总是很慢，
在相聚的日子里却老去了六载。

从晨曦到日暮，
诗韵不浓不淡，
即使暮年，也能唤醒内心的浪漫。

那些年，
五月的阳光漫长而灿烂，
与心爱的你诗意般地栖息，时光短暂。
同你一起陪着庭院深处的花花草草，把爱洒满心田。

不经意间,
你的脸上漾着动人的笑靥,幸福满天。

那些年,
五月的夜晚,平静而安恬,
一盏灯总是为你亮着,那是心灵的港湾。
心底的那分欢欣,
绵延成时光里永久的画面。

那些年,
五月轻柔的风雨,
偷偷地写着诗语。
诗中依然是纯洁的我,
追着五月的风,沐着五月的雨。

那些痛了又痛的文字,
遇到了你,总会生发出快乐与温暖。

在五月的慢时光里,
深藏着多少美好的希冀,
因有你相依、相随而芳香馥郁。

午后,邂逅一场轻柔的雨

夏的韵致,
像一首无字的歌谣,
点染了夏的妖娆。
午后,邂逅一场轻柔的雨,
空气中夹着些许湿气,
使得久居于室的心,
泛起了一丝花事幽岚。

撑起一把折伞,
去那条熟悉的雨巷,
静静地感受雨的清润与寂美,
折枝轻吟,心生微澜。

心绪如云朵般游移,
或浓、或淡,恬雅而愉悦。
也许你依然是你,
而我只是你一场午后的雨。

烟雨飘摇,
绿萝枝蔓缠绕过的旧事,
即便偶尔忆起,
也不会凋零。

喜欢夏天

喜欢夏天，
抚过风的轻柔，
草的葱绿，花的芬芳。
在这妖娆的夏日里，
聆听生命的律动。

无论是心中想的，
还是梦中念的，
所有的一切，
唯美而浪漫。

喜欢夏天，
凝望着遥远的天际，
拾起遗落在时光之外的梦，
梦很甜、很美。

缤纷的世界里，
有花、有蝶、有阳光，
还有一个美丽的向往。

此时，
挽着伊人漫步在夏的深处，
岁月都会浸满幽香。
独自优雅，如此便好。

喜兰的日子

幽谷里,
一朵兰的清雅,
是最爱。
光阴流逝,
总是和一株兰草对坐,
碰撞惊喜,惺惺相惜,
一起听晨钟暮鼓,
寻找芳香的来路。

此刻,
生命的步子,
踱于夕阳下的乐曲里,
散发着清新气息,
带着柔情,缱绻成梦。

假如,
有一天失去往日风姿,
在水之湄,
你是否还会如约而至,
相牵而不离弃。

在此,
释放心事与记忆,
在喜兰的日子里,
收获新意。

来吧，和这梦境，
在蒹葭岸边，
披着月光带着心绪，
等你。

夏的深处无言却有情

我在夏日里，
织就一窗茶香，聆听风的呓语。
一些醉了的故事飞出窗棂，
上了云霄，送去一世风情。

那刻骨的念，
只为你轻轻缠绕。
好像飘逸的清梦，
幻化成起舞的茶烟，寻觅意境。

你的名字，种在涟漪里，
轻盈荡漾，在脑海中忆起。
美丽袭来，浸染了诗的幽静，
融入韶华，便有了如花的字句。

今生，我在云水间，
植下馨香的诗行，
在尘嚣之外，写出诗的梦境，
于回望的彼岸，等你。
此刻，我在夏的深处无言却有情。

想你的夏天

就这么静静地想你，
在这个平淡的夏天。
因为想起了你，
这个夏天变得美丽而忧郁。

想你，在旭日东升的清晨，
在月上枝头的黄昏，
在粽香飘飘的季节里。

想你，在小桥溪水旁，
在夏天的炽热里，
在湖面涟漪的深处。

想你，在心里，
在石鼓山山巅的霓虹里，
在时光的碎步里。

我喜欢这样静静地想着你，
让自己的心，
有了柔柔的疼痛和幸福的甜蜜。

不经意间，我会静静地想你的名字，
想那幽幽月华下的悠悠相思，
这也是一种幸福、一种希冀。

小暑时节里的思念

这些年，晨钟暮鼓，
无论是在纷乱的人群里，
还是在静静的文字里，
都藏着温暖与清苦。
一窗灯光，守着你的笑脸，
清简的思绪，净化了岁月的一切。

小暑时节，
坐在溢满花香的岸边看渭水东去，
心里依然藏着那分牵念。
殷殷的目光，
紧紧地追随着你，
丝毫没有改变。

为一段情感，
曾放下过尊严，
放弃过冷傲与坚持。
怀着一种纠结的心绪，
在割舍中怀念。

直到今天，爱依然在，
依旧难忘对你的深情。
但我不会告诉任何人，
为了你的快乐，
我愿独饮伤痛。

在小暑时节，看花开云起，
那些过去的过去，
成为曾经的曾经。

檐下的风

在最深的一抹绿意中,
执笔作诗、品茶、凝思。
在留白处敲击着夏的琴弦,
折柳为笛,采荷为韵。
在细碎阳光的缝隙间,对弈,
有着小桥流水般的意趣。

一轮明月洒下的熠熠银光,
带我走出五月的忧伤和彷徨。
借助那一道光芒,
梳理重生的翅膀,
在夏日的葱茏里飞翔。

云淡风轻处,
一尾燕从檐下飞过倏然不见。
一处湿地的苇草青青,
染绿了水岸。
溪水潺潺,不惊不扰,
琴声悠扬,定格永远。

傍晚,陌上风烟起,
蒸腾的热气凝成雨滴,
落在水岸,打湿了青衫。
风里雨里,有无瑕的爱,
也有温暖的阳光。
一丝笑意,
漾在嘴角,时光静好。

邀请你,远行

邀请你,
夏日里一起远行,
走进一幅旖旎的画卷。
爱的情怀绽放,
盛开在如诗的空间里。

湖畔,
一顷葱绿草地,一池荷莲。
长长短短的履,
定格在临水的岸边。
凉风习习,野花镶嵌,
蜂蝶飞舞翩翩起,夏蝉鸣唱悠悠然。

邀请你,
夏日里一起远行,
穿越光阴,回到春天的葱绿里。
微风起处,扬起散落的美丽,
风摇树梢,吹拂最初的妖娆,
青色的记忆,落满斑驳的光影。

树荫下,搁置着杯盏,
斟两杯香茗,持把小扇,
与你对坐畅饮,倾诉往日的快乐。
于温婉时光中悠然,
彼此心中,无憾。

回眸，点滴往事，
落于湖水之上，心生微澜。
你的唇，是我一生吟不完的诗，
你的爱，凝结成忧郁的词，
缀成别致的情怀。

一城细雨

一段如兰往事轻叩门扉,
翩然而来。
走进盛夏,轻倚车窗,
剪拆着时光里的怀念。
在那开满花朵的端午,
蝉虫鸣叫,燕子呢喃,
春草芳菲,陶醉了渭水两岸。

束束盛夏阳光,
炽热而明媚。
在今天,
夏风编织着一场流年里的花开,
那年绿荫下的小溪里,
落下一树花香。
岁月素白,
写尽花落几载的怀念。

丝丝缕缕的清风,
酝酿一城细雨的浪漫。
想你的盛夏,
若水的柔情轻醉,
芳菲娇艳。
故事与时光有关,
在相识的流年里,浅笑。

一池青莲，深深处

盛夏里，悠闲地赏一池青莲，
听青蛙与莲的私语，
浪漫了远逸的莲香。

我恋上这一池亭亭玉立的青莲，
织一美梦，种下我的爱意。
两行清词，润湿眼眸，
让爱永远透着青春的气息。

一阵雨，带来了山水的畅想，
奏起了夏雨的旋律。
一朵莲花跌落在雨里，
雨滴，美丽了莲的旖旎。

风带着雨，雨挟着风，
莲叶撑开绿伞，摇曳生姿。
我静静地聆听花开的声音，
一池的馨香在雨中飘逸。

硕大的莲叶凝聚着雨滴，
雨滴似珍珠闪耀，一滴一滴滚落池中，
漾动池中的青莲，水面生出涟漪。

那玉露般的雨滴，
不断倾入我的肌肤，
让心柔婉于清池深处，

静守一季的甜甜香气。

谁在岸边倚桥轻歌慢诵?
又是谁在风雨中化作青莲香溢满天?
来，一起走进莲池深处，
听鸟鸣山涧，看小溪流淌。

轻风拂过，薄雾曼舞，
一股清灵的气息，
沁入心扉。
与雨、与风、与莲相惜，
让清凉盈满心底。

云烟深处，苇叶摇曳，
歌一缕清风，
感受莲花清韵。
灵魂与自然浑然一体，
幻化一池莲花的诗意。

一抹永不凋逝的嫣红

有些路，
只能一个人前行。
有些风景，
只是一个人的回忆。

在初夏的夜晚，
偷偷地与夏风幽会，
莫名地喜欢了这初夏的安静。
喜欢将心情
包裹于夜色之中，
用微笑抚慰自己的心灵。

有人说，
寂寞是一杯苦涩的茶。
微微的苦涩之后，
还蕴存着一缕淡淡的馨香。

有人说，
孤独是一首伤感的歌。
可是，跋涉的时光里，
谁又能永远地陪伴在谁的身旁。

许多时候，
要学会享受寂寞和孤独，
让生命在沉寂中思考。

在灵魂深处，
有轻柔的脚步声，
轻轻地掠过芳草苏堤。
用心倾听小桥与流水的昵语，
领略这别样风情。

让驰骋的思绪，
随着初夏的风，
掠过青石小巷，
飘到云水之巅。

不知道，明天
又会吹下多少落红。
或许故事总会老去，
过往，是回不去的曾经。

不论是花香飘逸，
还是晚风轻拂，
微笑着，用一缕花的馨香，
将过往的风景，
描摹成一抹永不凋逝的嫣红。

印象江南

江南好，
柳垂水面，莲倚岸边，
小桥流水，处处是人家。
饮一杯醇香的老酒，
把瞬间重重堆叠。
墙头的杏花，
属于这个夏天。

断桥寒烟，笛声幽咽，
二十四桥明月夜，
寂雨寒窗，孤鹤一影，
是谁苍老了容颜？

独怅望，天尽头，
清风晓月映湖面，
旧事换新颜。

一管清笛，一曲琴音。
曲声里，一幅江南画卷。
片片残红，随风舞起，
水榭断桥，流水潺潺，
点滴碎雨，辗转江南。

桃花溪畔，疏影孤篱，
思绪在曲声中蔓延。
独爱清笛，笛音清脆，

晕染了萧索的情怀。
琴笛婉吟，曲音缭绕，
在夏风里聆听，
寻觅些许旧事前情。

与一缕清风的对白

在夏日里,与一缕清风相遇。
用空灵的心,静谧的时光,
书写与风的对白,让心飞扬。

日子如骄阳般灿烂,
时光里含笑,岁月里温良。
阳光把你滋养得灵魂生香,蓬勃、茁壮。

是谁,循着季节的风,
静静地铺染心底的浪漫,
在喧嚣过往中,与一缕清风相约。

风轻轻拂过,在岁月深处缠绵,
吹开了娇羞欲放的花朵,
吹皱了细波轻柔的潺潺小河。

谁没有听到落花的悲叹?
谁没有看过候鸟的迁徙?
人世沉浮,该是怎样的跌宕与难忘。

于是,夏风起时,共赏鲜花的烂漫。
伏在夏夜一起听蝉鸣蛙唱,
牵手,共饮甘甜清冽的山泉。

待到冬日落雪时,

经历一场雪落白头的地老天荒。
哪怕只是把记忆重复描摹,
依然固执地把岁月安放,珍藏。

雨的怒放

盛夏的太阳，炙烤着大地，
把湿气蒸腾。
一道道闪电烦恼地划过天空，
嘶吼的雷声把大地震颤。
气势磅礴的雨水，
似水帘一样倾泻大地，
把炽热的大地冲洗，
狂风骤雨顷刻把城市变成浅河。

雨水把衣衫打湿，
蒸腾的水汽，似雾，
弥漫在空气里；
又似大地吐出的气息，
酝酿着下一场暴雨。

不久，骤雨狂风变成了
夏天绵柔的细雨，
洋洋洒洒，裹挟着甜蜜。

花在叹息，只因坠落的雨滴，
打落了它的艳丽。

你可知，这雨的怒放里有我最深的思念。

月光

夏的夜，
伴着如水的音乐，
安静着、惬意着，
这时光独属于自己。
回味着、冥想着夏的美，
心若静，则万物清明。

夏的夜，
月光漫过青翠的藤蔓，
流入窗内。
风拂过葱茏，
沉醉于夏夜皎洁的月色里。

淡淡的不可忘却的爱，
蛰伏在月光下，
心韵静置在轻浅的时光里。

只想携着幸福，
在夏的夜，
与洁白月光相映。

我欣喜，
这随处可见的月光，
落在指尖，落于脸颊。

月光如锦缎般丝滑，

轻轻地洒在身上，
盈满夏夜。

无须寻，
在这相遇相惜的时光里，
月光是心灵的窗户。

在这个静美的夏日里

夏天的清晨，
阳光刚刚睁开惺忪的睡眼，
漫过来，照在脸上，
洒在身上，
暖暖的，柔柔的，
心也随之明媚了。

不知不觉中，
夏花已怒放。
阳光照在树杈上，
透过浓密的叶子，
洒下一地斑驳的碎影。

坐在青青的草地上，
看一片低飞的云朵，
嗅一朵绽放的花儿。
轻轻地呼吸，静静地遐想，
那一刻，心是安静的。

喜欢夏天，
蓝天下，赏一处风景，
掬一捧绿意，享一抹馨香。

在这个静美的夏天里，
花儿染香了时光。
淡然微笑地观看世间万物，

心中充满了阳光。
此时，每当想起你，
内心都会被笑容点亮。

在这静美的夏天里，
带着你，远离嘈杂的街市，
去自然中体味另一种心境。

在这个静美的夏天里，
在今天，在今晚，浪漫依然。

绽放

晚春的薄雾，
淡淡的还未散去，
初夏来了。
三月，东风来了，
山朗润起来，
玉兰花在春曲中绽放。
鸟儿卖弄清脆的喉咙，
与轻风流水应和，
忘却了对春的畅想。

四月，
雨来了，像细丝，
把村舍掩映在疏林薄雾中。
一湾春水潮湿了陈年的脚印，
不动声色地将春天里的花瓣淹没。

五月，阳光来了，
惊雷带着暴雨，磅礴而热烈，
泥水模糊落寞的视线。
在有阳光的日子里，
宁静淡泊地欣赏天籁，
飘动的裙裾绚烂旖旎，
夏风吹散了世间的忧伤。

这时，夜，如期而至，
像忠实的爱人，热烈而奔放。

内心开始放松，不再拘谨，
感受着嘴唇的碰撞、怦然的心动，
才知道这就叫爱情。

夜，被挤出最后一滴墨，
无奈中消退了颜色。
黎明时的第一束阳光，
绽放出五月永存的一个日子。

致爱情

爱,热烈而又平淡,
似叮叮咚咚的音符,
在身体里跳跃起舞。
爱沿着血液流动的方向,
在心中构成一幅美丽的画卷。

将爱制成醇香的佳酿,
倒入岁月的杯盏。
执手相依,
将易逝的年华守护。

此刻,
喜欢微凉的空气里,
有暖暖的花香。
喜欢简单的季节里,
有盛开的爱情。

爱,是无与伦比的美丽,
沉醉其间,只要有你在身边足矣。
让我们十指相扣,一起走向永远。

致自己

你残忍无情地将爱情射杀，
那血腥的味道弥漫在广袤的天际，
一声长啸，悲哀地呐喊。
我依然坚毅地挺起弯曲的脊梁，
用失望的灰烬，把你埋葬。

你那腐烂的皮肉、
迷途的惆怅、失败的苦痛，
无人为你收拾，
无人为你祈祷，
无人为你流泪。
用手指拨开你轻浮的睫毛，
让你的瞳孔记忆着苦难的篇章。

今天轻蔑的微笑、辛辣的嘲讽、
坟茔的绿光就是你灵魂中的肮脏。
你的谎言被众鸟分食，
我相信今天的谎言依然不是最后一个。

远处的树木，坚挺的脊梁，
相继倒下。
群山辽阔，星云低垂，
众魂面前，你跪地祈求，
痛苦在坟茔上飘浮着。

十字路口聚满的荒草也在嘲笑，

没有灯盏为你照亮回家的路。

于是，我只能用那像刀、像戈，也像戟的怒火，
刺向寒潮。即使风雷闪电，
也要不屈搏击。

此刻，每一阵风吹过，
我们也会相互致意，
分享曾经的雾霭、云霞与霓虹，
也许只有林中的鸟儿才能听懂我们的语言。

我摇动着额济纳的胡杨，
依然固执地用带有凝露的枯枝，
在凄凉的大地上书写：我爱你。

顺着手指的方向，
我仰望高山巍峨的不屈脊梁。
用层林尽染的美感，
写下岁月的博大精深；
用莲花不染污泥的精神，
奏响自己骄傲而坚忍的赞歌；
用兰的傲，竹的雅，梅的勇，
为自己写下不屈的性格，
写下那喷薄云天的气势。
我赞美，赞美我自己的坚强与刚毅。

醉了今夜

初夏的夜，大美无疆，
酒不多却醉了生，梦了死。

曲悠长，
脚步却凌乱。
想抛开忧愁，
却无法静静地忘记。
不再回望，
心中却有万次的回眸。

一曲挽歌，
似林中寒风，冰冷。
哭过，笑过，
恨过，爱过，
梦过，醉过……
不枉此生。

酒的烈，还有谁品过？
醉了今夜，醉了初夏，
烟花残梦。

昨夜听雨

夏的夜，
听雨从天际深处
滴落大地的声音。
这声音悠然得
像一首夏的交响曲。

每个人心底，
都会有一段艰难的时光。
那些滴泪的日子，
依然在最美的雨天掠过心底，
像一朵初开的莲，
写满了回忆。

雨点细密，悄声坠地，
形态凄美。
闭上眼，静静听，
静得像瓶中百合，
无惊无扰。

我是如此喜欢这寂静，
可以深沉，可以简单。

涂鸦清风

时光荏苒，风过流年。
六月，轻倚季节的风口，
红花碧柳，黛瓦白墙。

听，虫鸟昵语，草木呢喃，
看，远山的绿，夏花的红，
用笔墨画出入眼的风景。

用一缕清风，
书写淡淡的情愫。
在花香小径上，留一片绿荫，
装饰自己心中的城市。

一天的时光，
随着夕阳落幕
寂静安然。

将一首歌，听到尽头，
将一杯茶，品到无味，
安静地看一卷词。

只愿繁华落尽后，
不枉此生，妥帖淡然。

夏风盈满花香的雨天，
填满人生的行囊，
清淡的文字，尽显如花芳香。

炊烟

雨后初晴的傍晚,
炊烟升起,虫声涌动。
依稀缭绕的烟火,
与苍松、岩壁、夕阳相映,
人间景色。

烟气从烟囱里袅袅散出,
在无风的时候,
它便是天上的云彩。
那些薄凉的心灵,
在这炊烟温暖的包裹里,
润泽如玉。

从瓦片间、墙缝里,
飘出的饭食的味道,
有着乡愁几许,
是皈依的港湾,
是心灵深处最真实的地方,
是一生永恒的感动。

淡淡的炊烟,随风
飘荡在群山之中。
只要炊烟升起,
漂泊的人们就有了归宿。

夏韵

夏，
像一首无字的歌，
带着韵脚，赶着光影，
蹚过河，向我涌来。
那苏醒的音符，
在青山绿水中跳跃。

案头，发芽的字，
生长在一阕诗篇里。
光影拉着夏的气息，
踏过石阶，迎着堤柳，
于檐下与一双燕子，
和着茶香，悠然飞舞。

独舞一场斜风细雨

一场六月的雨，
像一支瘦笔在宣纸上点染。

屋檐滴落的诗，
带着浪漫游弋于夏雨深处，
书写雨的清新。

烟雨浓，
也浓不过纸笺上的墨香，
却惊艳了这个夏季。

雨落花飞的景象，
令人神往，
却留不住匆忙的脚步。

素心若莲，独自醉舞，
一不小心就跌落进一场斜风细雨里。

秋实
QIU SHI

一个人的秋天

秋，越发深了。
深秋的雨，
一场接着一场，
无声无息地来了又去。
熟悉了它的气息，
不再有丝毫的迷离。

落叶要归根，
秋无言，是最美。
晨曦的露珠，
滴落在渐黄的草坪上，
顷刻间，绽放了心事。

一脉山川枫叶红，
一场秋雨，一段心陌，
你说，那是世间最美的秋色。

我悉心采撷雨丝，
编织成有你陪伴的心梦，
放逐在有你相依的心城，
静谧安恬。

或许，
这个秋天是一个人的秋天，
可以迎着深秋的风，
顶着深秋的雨，

目送秋渐渐地老去。
那思念你的文字,
已写在飞舞的落叶上,
愿它,抵达你的心底。

爱到深处是秋天

往昔的繁华，
勾起了落叶的回忆，
搅扰了岁月深处的宁静。

叶一片一片枯萎，
风干了记忆。
落寞着我的落寞，
悲伤着我的悲伤，
爱到深处是秋天。

叶恋花兮，花恋叶，
花凋零兮，叶何归？
时光流逝，相思成病，
心亦成秋。

叹往昔，
寂寞的枯灯，
把所有回望隐忍成千年的孤独，
在眼角刻下一世的山河永寂。

此时，
云淡了，风清了，心碎了。

寂夜里，滴滴泪珠，
把相思记忆。
竹林向晚，秋染枫红，
爱到深处是秋天。

静处一隅,秋雨绵绵

只一个转身,
竟是夏去秋来。
喜欢安静,
尤其在这个季节,
雨水泛多的日子。
倚窗而立,
或怀想,或回望,
闲闲坐定,
随心品阅入骨的诗篇。

几度落花,尽随秋水,
写一阕雨中的相思情诗,
搭配一盏温热的香茗。
梳理过往,华丽转身,
许自己些许飘逸和空灵,
让时光巨轮,
在素锦年华里航行。

我知道,
这个缺失了主题的初秋,
注定与秋雨同在,
与月色无缘。
携手相伴的伊人,
静处一隅,
依然执着于无言的岁月。

在这一刻,
秋雨幽幽,
思念绵绵。

爱她，就带她去大漠深处感受胡杨林的浪漫

清晨，漫步在胡杨林深处，
秋风吹动，胡杨沙沙作响，
宛如优美的乐曲，
演绎出大漠胡杨幻彩的华章。

湛蓝的天空，明媚的阳光，
雪白的云朵，激动的心情，
填满了深秋胡杨澎湃的胸膛。
此时，便是一个欢乐天堂。

贫瘠的大漠，微凉的秋风，
一夜间，胡杨尽染金色。
雄浑壮美，震撼着心灵。

你生时美丽，死后壮美，
枯萎却屹立不倒。
你用瑰丽的黄色，
写下不朽的绚丽刚强，
你化作大地的图腾，
用秋天的色彩，
准备了一场盛大的金色宴席。

高大的胡杨，巍然耸立，
枝叶繁茂，树叶金黄。
虬枝似苍龙腾越，
震撼着无垠的大漠。

此时，密集的胡杨，
盈满了朝阳的光芒，
身姿曼妙如仙子般美丽。
一棵胡杨，一片阴凉，
一处风景，绚烂金黄。

日渐西下，
似锦的霞光晕染着胡杨，
金碧辉煌，热情奔放，
这就是壮美而伟大的生命。

这个秋天，带着她自由翱翔，
走进色彩斑斓的梦幻天堂。
与朝阳相伴，为落日歌唱，
在飞旋的黄叶间轻盈飘荡。

爱她，就带她去大漠深处感受胡杨林的浪漫。

茶韵

撷一缕菊香，
掬一捧晨露，
于秋日闻香品茗。

煮沸一壶甘泉，
取少许青芽，倾入杯中。
青芽上下翻滚，
浓郁的茶香，
盈满整间简陋的茶室。

茶的韵味，来自高山清泉，
清雅幽静，淡泊淡然。
纳茶于杯中，水落叶舞，
让时间酝酿茶香。

一缕茶烟围绕着思绪，
浅浅淡淡，回环盘旋。

茶汤入喉，
品天地之灵气，
百草之清韵。

茶水清澈如碧，
香气沁人心脾。
与茶交心，
看岁月流逝，

不恋繁华,独守清欢。

于秋风送爽中,
静下心来,闲品清茶。
淡香久久弥漫心间,
悠然自得,回味一生。
世事淡然,简单清宁,
如此,也无不可。

告别九月

当一只麻雀衔着桂花
路过我的门前，
当落日和渭水相互拥抱，
我站在岸边，
看落叶黄，西风瘦。

怀揣着萧瑟的秋风，
饮下群山的枫红。
在石林深处落款题名，
用一支笔颤抖地
勾勒出隆起的山峰。

一朵白云自北方飘来，
便遇到山间的藤蔓。
时光在窗台缓缓流淌，
我站在流年的山巅，
看山河挺秀，松涛浩然。

怀揣着菊香、鸟鸣与残荷，
沐浴在一场斑斓的秋色中。
在低矮的草丛里，
与一只蟋蟀拱手告别。
用辽阔的蓝天，
止住那秋天的悲鸣。

我晃动岸边的柳条，

告别九月,
安静地告别昨日的太阳。
收拾行李,
缓缓地走进十月里,
走进那由水和落叶构成的远方。

回眸处,依然有你笑靥如花

秋雨叩击着枝头的红叶,
四周荡漾着轻纱似的薄雾。
阳光驱散记忆里的寒意,
抚平浅浅的涟漪。

城市的霓虹如水晶般
衬托着凡尘喧嚣,
如进入梦境一般,
迷醉于这五光十色的流年。

雨润泽着脸颊,
风儿吹散层层雾霭。
云烟处,
溢满了伊人熟悉的味道,
挥之不去,飘荡于心田。

秋雨蒙蒙,花落无声,
风起云端,雨落巷尾。
挣不脱的思念,
缱绻着那抹秋红。

繁花落尽,
那一池残荷,
依然暗香残留。
在每一个风舞蝶飞的季节,
暗香盈梦,心花向阳,
回眸处,依然有你笑靥如花。

脚步

一夜之间，
季节转换了冷暖，
心还在盛夏的夜里辗转。

眼前已然是一派初秋的清爽，
伸手触摸落花飘飞的思绪，
心头萦绕着半世的沧桑和遗憾。

处暑来了，
秋的脚步近了，
山里已是红叶飘摇。
想那晴朗的天空下，
层层红叶舒展着身姿，
抬眼望去，
或浓，或淡，
片片招摇，傲然秋风。

此刻的寂静、安宁，
如那即将飘落的红叶，
淡然划过季节的变换，
回归泥土。

历过风尘，走过夏天，
随心，随性，随缘，
从容且安然。

我知道,你在等着我的文字,
默诵着秋的诗歌,
等着秋天涂满你爱的色彩。
用心守候一季秋意的到来,
只为下次续写春的故事。

今秋，你最美

当深秋的风拂过山岭，
一幅幅画卷
在视线中浮现，五彩遍染。
此刻与你一起，
邀来伙伴，邀来秋风，
用夜色洒下的墨汁，
用最美的色彩涂鸦山川。

一条静美的山村公路，
绵延在村庄的炊烟里。
村口小桥披着红色的晚霞，
不喧嚣、不娇艳。

欢快的溪水载着落叶，
与你为伴。
喜鹊穿行于秋红的山涧，
笔直的水杉在路边披挂金甲。
银杏把澄黄展演，
厚厚的落叶，
似金色地毯在迎接深秋的到来。

风儿伴着飞扬的笑脸，
妩媚了你娇美的容颜。
你静谧地游走在山峦叠峰的深处，
如水般潺潺流动。

那种自在无法用笔墨去书写，
只能静静地坐在你的身边，
闭上眼睛感受这份惬意。
在田野乡村，在炊烟升起的山林，
静享这世外桃源的美好。

倘若这艳丽的秋红，
随风掠过眼眸，上了心头，
让心里盈满了秋的斑斓，
兴许，就能触动你的感念。

旧日时光

沐着秋日里的暖阳，
静默在岁月的路口，远望。
一树秋叶，飘落在心底，
一山枫红，忧郁了记忆。

站在时光河流的岸上，
凝望、回眸，
思绪总是随着河流去了远方，
在岁月里慢慢地淡至无痕。

岁月静好，
光阴倾诉着一分安恬。
繁华落尽处，
拈一缕墨香，拥一怀禅意，
写一笺香甜的文字，
与你共享这欣喜。

秋日里，
一场烟雨蒙蒙，
湿了眼眸。
念，总是流淌于笔尖，
如秋日的一片枫红，
载满了浓浓的心香。
读过，便有了秋日暖阳；
品过，便懂了旧日时光。

旧日时光，
已然不再清浅，
把些许念想植于墨香。
不曾淡去的明媚，
见证着一场花开的旖旎，
一丝温柔，与你在心中共享。

菊香淡然

人到中年，
倾心于恬淡素雅，
如秋日野菊，
不在乎五彩的斑斓。

喜欢内心安详，恬静悠然，
把繁华隔于窗外，
用笔墨书写华章。

闲暇时，
择一安静小院，
看书，品一盏清茶，
领悟喧嚣之后的安然。

起风时，加衣保暖，
黄昏时，溪边赏霞。
让那雨露滋润的花事，
在秋水长天的景色里沉淀。

隔着岁月的云烟，
让灵魂升腾，
波澜不惊地面对起落浮沉，
坦然地在时光中淬炼。

茶润心，书添慧，
在山水中，得一分喜悦，
光阴安暖，顺其自然。

叩响心扉，让心灵与金秋共鸣

一阵秋风舞尽，
繁华随风而落。
那分思念，
穿越了斜风疏云，
让心恬静。

雨天过后，
那带着湿气的微风
夹杂着瓜果的香味而来，
润泽唇鼻。

折一枝枯柳，
画秋红、秋水，
让淡淡的感伤，
归隐于那殷红的山水之中。

删减往昔，珍藏今秋，
慢慢忘记心里的创伤，
裁掉伤感与落寞，
让阳光独守时光的艳丽，
吟唱生命的空灵。

让梵音随风逸动，
幻化成朦胧的诗行，
蔓延在生命的轮回中。
用令人感动的文字，

轻启心门，寻找灵魂深处的
那一丝柔情。

让潮湿的心、执着的梦，
幻化成金色的记忆，
叩响心扉，让心灵与金秋共鸣。

离殇

秋雨滴落的音符，
在起伏的节奏中轻舞飞扬。
随风旋转的红叶，
挽着季节，
打捞着一个长长的念想。

光阴缠绕着静美的秋叶，
蘸着从叶脉上滑落的雨露，
将深处的山，
涂抹成秋的颜色，
醉了我的眼眸。

踏秋寻暖，凄美离殇。
看，落叶翩跹舞动的身姿，
听，耳畔那秋风缠绵的声音，
满满地收获着秋的美丽。

静静地，叶落了，天晴了，
渲染了一山枫红。
随着秋雨滴落的音符，
伊人舞动着金色霓裳，
恰似仙子，曼舞在金色的大地上，
收获了满满的阳光。

留在夏天里的记忆

一场初秋的雨幕,
告别了深情的夏天。

九月的秋风里盈满了灿烂,
悠悠白云清朗。
清风徐徐,摇动了荷枝,
独语清欢,搁浅了思念。

在晨钟暮鼓中等待,
清风临水,无尘。
衣袂在初秋的风里飘扬,
水湄边,袅袅荷香,
伴随着岁月徐徐淡去。

在今夜,
把对佳人的思念,
写成一首惶惑的诗篇,
留在夏天的记忆里。

那年金秋的九月

浅忆那年金秋的九月,
太白山,遍野枫红。
在山之巅、水之湄,
静静陪你,度尽浮世清欢。

待到枫染成林,守一缕阳光,
静展你的素颜淡影。

那一季情意相投的携手,
美得无与伦比。
这爱意在阳光的抚摸下,
岁月的亲吻中,亘古不变。

浅忆那年金秋的九月,
秋风、秋雨、秋韵,秋意正浓,
路旁成排的银杏树,
闪耀着金色的光泽。

再望远山,
一片片灼灼的红,点缀山间,
与秋相依,枫红一山。

待到枫叶落满地,
韶华燃尽,心染枫香,
我便铺一地霜红,
倾尽妖娆,留给岁月,

清宁，静好。

浅忆那年金色的九月，
在夜深人静的时刻，
踏着月光，让思绪绽放。
抚摸焜黄华叶的季节，
远眺苍郁的高远天空，
细数与你相伴的流年，
淡暖，生香。

随风，
一地残红，不染霜寒，
踏着落叶，瘦尽了时光。
待到落雪的冬夜，
一片素白掩盖了所有足迹。

才知道，
冰是睡着的水。

那一天

那一天,
邂逅在太白初秋的山巅。
只匆匆的一眼,
你的身影便悄悄地
沉淀在我的心海。
那是珍贵的浪漫,
甜蜜的爱情。

那一天,
昼去夜归,花落花开,
我总是悄悄地想你。
恍惚中你轻轻地来,
又轻轻地去,
眼眸里满含淡淡的爱意。

在黑夜与黎明交接的时刻,
披衣下床,舞笔、吟唱。
相思之情,
如同花儿的馨香,
悄悄渗入心底。
你的名字,
成为爱的信号,
幻化成点点思念。

年轮

秋风吹黄了窗前的藤蔓，
年轮包裹久寂的心弦。
不知不觉，秋叶轻盈地穿越了时光，
飘落心海，恬静于心。

那沧桑的年轮，
在岁月中，成为额头上的印迹。
生命的豁达与淡然，
展现了年轮深处，
最真实的美丽与自信。

春去秋来，一地金黄。
打开心窗，抬头看看天空，
把那高远的湛蓝植入年轮。
用澄明的心境，
体会生活的冷暖。

再累，也要欣赏身边的风景，
把那淡淡的花香嗅入灵魂。
画一幅七彩的画卷，
让思绪在心灵深处蔓延。

再烦，也要把笑容挂在嘴边，
恬淡的生活，至纯而雅静。
寻找一片火红枫叶，
抚慰那年轮留下的秋伤。

右手握紧璀璨年华，
左手握紧季节的杯盏，
再痛，也要骄傲地神采飞扬。
坐在时光的跷跷板上玩耍，
让流淌的欢愉与秋阳，
既无悲壮，也无凄凉。

花开蝉鸣，花落蟋衰。
一年一年，在年轮里演绎华光。
用净透的灵魂，记忆时光，
记忆年轮，记忆每一季的精彩篇章。

念如潮

夜晚,有些凉,
清秋的念想,
在屋檐上结成颗颗花蕾,
只等阳光温柔地倾洒,
便可心花怒放。

浅秋的月光,
被风吹散的落花,
唯美了月夜。
点点念想,
落下永久的冷霜。

喜欢秋的味道,
带着红叶的薄念,
香甜而醇厚。
伊人轻踏落叶起舞,
裙裾飘扬,
点缀了这个季节的妖娆。

山间的红叶,
飘摇于流年的虬枝上,
光阴落满细微的尘土。
落叶与风儿缠绵起舞,
飘散四方。

在我心底,念想如潮,

浸润了秋的寂美。
那滴清泪，飘荡回旋，
润湿了枕上散落的月光。

飘零的记忆

秋渐浓，雨渐凉，
瘦尽一脉山川。
尘缘若水，
落墨于秋的扉页。

回眸间，
韶华已去，归于菩提。
记忆中的秋雨，
朦胧了岁月的故事。

雨落眉弯，霜寒露冷，
是谁，抚琴引落一地秋叶；
又是谁，踏着秋径，
撩拨着雨丝，把清欢暗送。

于是，用冷香的文字，
书写秋意悠长。
文字摇曳成曼妙的音符，
跳跃在绵绵秋雨中，放牧心意。

伴着萧萧风起，
与落叶一起，
舞出秋的欢颜，
于幽邃的光阴深处，
静守安然。

轻拾秋天的颜色

秋雨伴着瑟瑟秋风,
飘逸地落下。
落叶苍凉,失去了夏日余温,
散落一地凄清。

苍茫的暮色,
点缀出大地的诗情画意,
慢慢地晕染出记忆的模样。

一树的音符滴滴答答,
演奏着秋雨的旋律,
让这个秋天都哼着忧伤的乐曲。

伸出手来,轻拾秋天的颜色,
岁月多了些寂寥的意境。
让那晶莹的泪滑过脸颊,
一滴一滴落进苦涩的过往。

秋雨轻敲季节的门扉,
微风轻袭斑白的发梢,
整个世界弥漫着淡淡的凄美,
此时此刻,依然在秋雨中凝望远方。

不经意回首时,
渐渐泛黄的景色落满了沧桑。
往事的风景,流淌的过往,

久久不能遗忘。

于是紧握双手，把记忆封存，
念落清秋，点墨成诗。
秋雨依然在风中飞扬。

轻倚云水深深处，只因诗里有远方

西风十里，暮气横秋，
秋的沧桑，在静美中
缄默成满树枝丫的一片深黄。

秋已凉，蝉唱晚，
繁花落尽，几度飞霜，
夜生寒，犹怜荷塘渐枯黄。

踏青石，看山峦，
偏依一隅，听秋声。
梧桐雨，叶飞落，
孤云辗转，自清新。

秋水无尘，静美时光，
浓也好，淡也好，
写几行素笺小字，伴君飞翔。

风起雨过，夜空如墨，
数那错过七夕的星宿，
回忆你出嫁时的模样。

凭栏，隔窗，天籁无声，
石板路上，那穿堂的清风，
依稀还有君之吟唱。

悄然独坐，点亮红烛，

触摸落花纷飞的念想，
追逐秋雨飞扬。

风中蹁跹，花前流连，
秋意如画，秋红如诗，
笔墨书尽那秋天最美的辞章。
轻倚云水深深处，只因诗里有远方。

清晨,从居延海醒来

清晨,从居延海醒来,
绚烂的日出,
震撼着大漠的秋天。
鸥鸟在大漠的边缘起舞,
在大海与芦苇丛中飞翔。
渐隐的月亮挂在天边,
呼应着辉煌的太阳。

深蓝色的天空,
被初升的太阳映红。
渐隐的月亮,
宛若娇媚的仙子,
轻盈曼妙,无限柔情。
此时,所有人为之着了迷,
为之欢腾,为之大声歌唱。

居延海狭长弯曲,
有如新月。
独自在大漠深处,
歌颂壮美与沧桑。
这里,芦苇浩荡,
水中的鸥鸟在大漠戈壁上
骄傲地翱翔。

我爱晴空,
爱这初升的朝阳。

洁净的水面，清澈的天空，
云彩被撕裂后撒向天际，
轻盈飘荡，变化万千。
此时，居延海的柔情，
化作了对太阳的殷殷召唤。
一片绿洲，一湖碧水，
奏响了大漠深处动人的交响乐。

秋的深处

这个深秋,
窗外,雨在下。
雨滴落地面,坠地成花,
溅起了秋的清逸。
一抹柔柔的凉意在心里泛滥,
惊动昨日的波澜,
不是感伤,而是遗憾。

走在秋的深处,
心绪在流年的时光里,
如秋野菊似的盛开,
泛起了花香,
清清淡淡的香气随心情飘逸。

光阴里,
走过晨间,午后,傍晚,
随秋风起舞。
舞尽,悄悄地拾起那分眷恋,
藏在身后,不让别人看见。

秋,终是垂暮。
窗外,雨花气味清新,
令人想起了秋的笑脸,
想起心里晕开的那分念。
在落叶萧萧的时节,
伊人描上眉间的靛蓝,

脸上晕开的胭脂，
红润如昔，
像秋花绽放在蓝天。

然后，
在这个秋的酒盏里，
晕开了过去的光阴，
看见了初时的旖旎。
这样的静好，
是深秋晚风带来的暖，
是心头油然而生的欢。

在这个深秋，
雨，轻声滴落，
风，吻在眉间，
简简单单。
听雨，听风，山清水秀。
秋已垂暮，黄花向晚，
小巷人家，清酒浅盏，
这便是温暖。

秋风，秋红，秋意正浓

几片叶子的谢幕，
浓郁了秋的惆怅。
花开花落间，秋风剪冷暖。
秋水长天处，枫红橘黄时，
相契的灵魂，如约而至。

回眸处，
总有一些身影，让你终生难忘，
总有一些情感，让你铭刻心中。
左手是暖，右手是凉，
半山秋红，一米阳光。

深秋的路口，那片落叶，
在秋风中瑟瑟作响。
昔日秋风中的浪漫，
不能陪伴今日的辉煌。

风轻云淡，那飘零的音符，
又为一山枫红奏响。
岁月薄凉，
总有一颗明净若水的心绽放。
秋意正浓，醉于心田。

心绪被写在秋风中，
成了相思的序章。

看似风轻云淡，转身却泪流成行，
念与不念在秋风起时，存于心上。
岁月漫长，依旧安然无恙。

秋渐浓,别忘添衣

一场秋雨过后,
满满的都是凉意。
时光在一寸寸变短,
树枝上的果实变得殷实饱满。
这些美丽,
被岁月冲淡到极致。

一颗心,
在渐凉的光阴中沉淀。
念起往事,颇有感叹,
如与一场秋雨相遇,
雨来,幽凉满怀,
雨过,彩霞飞扬。

光阴如水,
静静地回忆暖暖的过往,
珍藏着那次初见。

岁月清欢,
秋夜微凉。
于浅浅的岁月中,
刻深深的心头事。
美好的年华,流光的往昔,
在夜里咀嚼堆砌。

此时的夜空,

深蓝无垠。
星星眨着眼睛,
在夜色中闪闪发光,
楚楚动人。
一段静雅的秋之时光,
一段心语,一生梦。

相遇,别离,如云烟。
天凉了,天凉了,
我在堆积的落叶里,等你。
秋渐浓,别忘添衣。

秋来萧瑟

素锦年华,秋来萧瑟,
水瘦,木叶凋零。
山脚下,
一丛丛野菊花,
如此美丽。

自在安静,
内心空无,
亦是有福。
一处山水,明净清凉,
烟波十里秋意满楼。

独自静静地行走花园幽径,
呼吸清晨纯净的空气。
掬一捧清凉的河水,
清澈心目,
看天空辽阔,云薄。

自然很美,
日子缄默成了馨香,
宠坏了寂寞。
坐在树下,花瓣零落,
微笑,看云朵,
在时光中静坐。

秋深了，一分牵念

走远的心，
在秋风里沉默。
秋风载着小雨滴落房檐的记忆，
包裹着似曾相识的暖，拂动。

雨落大地的声音，
是冬雪的序曲，
滴答声声催寒凉。
雨中默默的期许，
盈满了不惑的眼眸，
心中眷恋着那淡去的牵念。

雨，滴凉了秋，
浸湿了午夜的梦。
思念在微凉的雨里，
轻敲着寂寞的灵魂。

走累的心，
躲在细雨编织的帷幔下，
拽出那深念的秋。
在记忆深处散步，
和雨撞个满怀。

走过了秋的萧瑟，
留下了风轻云淡。
淡淡的落寞，

浅浅的伤感，
触动心灵。

今秋的雨是那么的寒凉，
一滴滴缓缓落下，
落入心田。

秋之韵

秋天的美是深沉的,
是绚丽多彩的。
走进山,走进秋色,
和阳光一起,
寻找落叶纷飞的美丽,
寻找秋的寂寥和丰饶。

秋天的美是壮阔的,
一片落叶,一个传奇。
从嫩芽的鹅黄初绽到绿色尽展,
再到今日的霜红满地,
季节在不知不觉中转换着色彩,
似水流年,霜染兼葭。
月色清寒,
握住季节的一丝温暖,
感受快乐的心跳。
醉人的浪漫是风景,
浅浅幸福汇聚成心中的波澜。

秋天是一个收获的季节,
碧蓝的天空飘着朵朵白云,
温暖的阳光穿过缠绕的枯枝,
与蓝天相映,金黄一片。
田野里果实累累,
果香四溢,弥漫山间,
醉了山川河流,

醉了满山的红叶。
壮美风景是秋天的永恒,
这种美丽包含了生命的感动。

枫染思绪,些许秋凉,
一丝怀恋在季节深处升起,
天高云淡落叶飘飘。
过往丰盈了时光,
恬淡了心境。
飞舞的落叶盈满相思与回忆,
枯叶落了,心绪静了。

在山之巅、水之湄,
尽情享受枫红漫山的秋之韵。

深秋,去感受大漠风光

深秋的大漠,
在金色的印染下灿烂辉煌。
这里天色蔚蓝,阳光炽热,
晚上九点不落的太阳,
绚烂了大漠的美丽。

茫茫大漠戈壁,
悠悠驼铃不息。
沙漠胡杨,
挑染了耀目金黄。
大漠用滚烫的热情,
播种最浓的甜蜜。

漫天的风沙吹动着胡杨,
演奏出一曲荡气回肠的交响乐,
这是大漠对胡杨发自心底的赞美。
枯萎的胡杨屹立在茫茫的大漠中,
书写不朽的史诗。

一片枯死的胡杨,
仰天长啸,悲天悯人,
它们屹立在沙丘不肯倒下。
犹如一群远古的武士,
悲壮而苍凉,
古老而神奇。
在阳光下,

它们风骨依然。

大漠日出的雄浑壮美,
夕阳晚霞的绚丽色彩,
幽雅蜿蜒起伏的沙脊,
勾勒出世间盛景。

一列驼队蜿蜒而行,
传来阵阵驼铃声,
在天边映出一串动人的剪影。
此时,起伏的沙丘被染成金黄,
这就是大漠神奇的壮美风光。

十一月时光

时光荏苒，时近立冬。
昨日的流光，
离去的十月，
带走了金秋繁华，
留下一些萧瑟与凄美。

登高远望，暮秋如画。
空山旷远，枫林还在。
倾听，梵音袅袅，
自省，心思渺渺。

时光如梦，人生悲欢。
生活的冷暖都在时光中，
流转成歌，
借岁月的潮汐，
低声吟唱。

看，季节醉了，
醉在秋风萧瑟里，
醉在如画风景中。
淡然清欢，曼舞翩跹，
静下心来，方知意韵万千。

就如一盏茶，品，
才能品出其中味道；
就如一首歌，唱，

才能抒发情怀。
即使无奈，禾，
也会剪一段时光作为留念。

万籁俱寂，时光在梦里，
更在心上。
深深浅浅的时光里，
容纳着人生百感，
掩埋了多年心事。
在荒芜的时光里，
重识自己。

所以，禾，
不觉得十月的离去有多悲伤。
也许红尘时光，
是繁华，也是孤寂，
是热闹，也是冷清。

让禾，安然于季节轮回，
时光清瘦，生命丰盈。

（注：本诗中"禾"指作者。）

晚秋

当调色板不小心滑落山涧,
把世界涂成五彩的时候,
当冷霜穿越庭院深处,
一寸寸清入肌肤的时候,
才发觉,
晚秋的寒悄然而至。

瘦尽的落花,
慢慢堆叠在岁月的杯盏中,
那是秋的掠影浮光。

灯火阑珊,
不知暗淡了谁的目光。
时光飞逝,
也不知搁浅了谁的记忆。

踏着落叶而来,
又踏着落叶而去。
回眸间,淡却了些许的深情。

唯愿,带着晚秋的枫红,
踱步天涯,听晨钟闻暮鼓,
从黑夜到白天。

在秋的路口,拾起凋零的时光,

于静默深处,聆听流年的声响。
用思念许下一分感动,
植于心田。

我爱秋色

丹桂飘香的清晨，
倚窗而立，
秋叶在晨风中飞舞，
一片片地飘落在地。

久久凝思，
体味着树的忧伤，
默然地湿了眼眸。

然而更多的时候，
那秋的爽朗，
累累丰硕的果实，
深深润染着秋色的美丽。

午后，暖暖的阳光下，
漫步在金色的田野上，
呼吸山花盈满山谷的清香，
倾听红叶翻滚的声响。

飞扬的思绪在天高云淡中无尽蔓延。
登上群峰，放眼远眺，
万山红遍，层林尽染，
胸中荡起一股豪情。

黄昏来临，山风习习，
落木萧萧，芦苇飘摇，

怅然生出无限的感慨。

此时，
迎着丝丝凉意，昂首阔步，
在无人的原野上奔跑。
放飞心中的忧郁，
感受着秋的旷达，
这是怎样一番不羁的风骨傲然。

我爱秋色，
缤纷的落叶，
金色的花瓣，
飘落在淡然而明静的心间。

我的记忆,为你停留

如墨的青发,
飘扬在秋风里。
眉宇间,忧愁展现。
伴着绵绵秋雨,
愁思蔓延。
泪水随秋风徐徐洒下,
秋,越显深沉。

秋风吹散了记忆,
一朵白云,一个轮回。
月下,守候深深的庭院,
平静的心,也会泛起涟漪。
曾经彼此遗忘,
在那个秋天再次相遇,
乱了心绪。

过往,烟消云散。
当青丝染上霜白,
风吹,忆散。
那漂洋过海的记忆,
循着风埋在烟云里,
化成雨滴,触动心弦。

夜,风还在吹,
蒙蒙的秋雨中,
忆着你的背影与笑脸,

动人的嘴角微微上扬，
露出你倾城的笑容。
而我，却守候在秋天，
我的记忆只为你停留。

幸福的远方

那个秋天，
在太白山枫红的陌上，
怎么就遇到了你？

像春风遇到了春雨，
自然、温馨而又朦胧。
拾起曾经的往事，
把远去的梦忆起。

那曾经心动的美丽，
又怎能让它随风散去。
真想和你在一起，
阅读、赏花、醉饮、聊天。

那个秋天，
夜深人静，不忍睡去，
想着远方的你。

你是否和我一样，
重拾昨日的旧梦，
回味昨日的欢声。

此时，
你是否也会把我忆起，
想起曾经相依的岁月，
细数落花的日子。

今夜太美，星光璀璨，
倚窗眺望，寻觅远方。
在一片洁净的天空里
寻觅你，
寻觅心中一道最美的、
最别致的风景。

你是我的远方，
名叫幸福的远方。

一枚飞舞的落叶

风清凉地吻在脸上，
如丝的雨，
送来了暮秋的傍晚，
秋意满街。

街角处，靓丽的倩影，
让秋季有了温度。
轻舞的落叶，
萧瑟了昏暗的街灯。

冷色秋雨，
不言，不语，
如我浅浅的心念。
抬头捉一枚飞舞的落叶，
寄给你。
若有一天，千帆过尽，你还在，
我依旧轻展笑颜。

秋雨

时下的雨，
带有刺骨的寒冷。
曾经的美好，
一点一点萎落成泥；
曾经的温暖，
一滴一滴苍凉如水。
季节的薄念，悠远绵长，
感动了自己。

记忆里，
那个寒露的夜晚，
月光染白了发梢，
心中满是牵念。
时光漫过熟悉的街角，
那薄凉的雨蛰伏了一整天，
在这个中秋的子夜蓄意而落，
潮湿了情怀。
经过一次次的冲刷，
那雨化为唯美的思念，
清新自然，
却孤单得有些伤感。

秋雨，
打乱了池塘的水面，
涟漪圈圈，相互缠绵。

淡淡的雾气弥漫着，
慢慢地凝聚成水，
落进永恒的爱恋。

忆往昔，江南会友

江南好，秋雨盈窗，
柳垂水面，莲倚岸边，
小桥流水，处处是人家。

饮一杯醇香的酒，
酣卧于烟色之中，
把情怀收藏。

看烟雨蒙蒙，嗅桂花香气。
花香沁人心脾，醉了心田。
这浪漫的秋天，绵长久远。

江南好，同影共欢，
风景旧曾谙，烟笼江水雾绵绵，
天尽头，同窗相惜，怎能不忆江南？

一曲琴音，一管清笛，
找回了遗失的童年眷念，
苍老的旧日时光，如今换了新颜。

回味少年，随风劲舞，
辗转于江南，举杯同欢。

莲池溪畔，人影辐辏，
在曲声中倾诉童年欢愉，
琴音悠扬，晕染了丰饶的情怀。

回眸，一生一世的同学们，
坐于秋风里，
聆听缭绕清音，琴笛婉吟，
寻觅些许旧事前情。

咏秋

喜欢秋,
喜欢那袅如薄雾的清凉。
秋风,缓缓携来的惬意,
成就了秋叶的飘零之美。

秋叶的美,美在色彩,
赏心悦目。
秋风一至,
托起了美丽。
绿的、黄的、红的,
仿佛一夜之间,
生活绘上了五彩的颜色。
用彩笔精心地勾勒着秋的曼妙,
传递着秋的壮阔与瑰丽。

秋叶的美,美在风韵,
经过春夏的历练,
面对生命,
含蓄而不张扬,
演绎着生命的精彩。

秋风一吹,
秋叶好似美丽的蝴蝶,
和着秋的旋律,
在浅唱中,
旋舞着华丽的霓裳,

那分曼妙牵动了情怀。

每到秋天，
那曼舞的秋叶，
如风韵犹存的伊人，
用柔情缠绵着过往，
绽放着成熟的妖娆。

秋是那么的深邃，
它是一首富含深韵的诗，
是一曲悠扬的赞歌。
秋叶，历经风雨，
拥有了季节的色彩。
秋叶将美丽的一生沉淀、堆叠，
用深沉的爱意，
诠释着秋的丰盈与华美。

于秋色里,深居

秋,越发深了。
一场秋雨过后,
常有深深的寒冷,
漫过心底。
一枚心事于心田回味,
循着茶香,
追寻梦的故乡。

茶香四溢,清音又起,
温热的茶盏是内心的温暖。
独居秋色一隅,
一缕过耳秋风,
轻拂不染纷芜的心境。
将这茶的温热,
赋予一季的秋雨。

秋,如水般清澈,
在秋雨中驻足,
细碎的光影斑驳了记忆。
秋,寒凉着一段过往,
收获一季的硕果。
秋雨,宁静倾城,
雨中一片静美落叶,
成为永不凋零的回忆。

只愿冷夜不孤,风月不残,

在每一滴秋雨中，
静守秋水长天；
只愿心和着情深的乐曲，
演绎出世间最动人的天籁。

月光醉了，也睡着了

没有月亮的夜，
好黑、好深，
像是斩断了呼吸，
将所有的思绪凝滞。

这一刻，秋水深幽，
多少美丽，瞬间萎去。
岁月的年轮，
阻隔不了秋月的浪漫，
望穿秋水，花黄亦然。

漫天的秋雨淋湿了一切，
思绪飘忽且犹疑，
许多美好和忧伤，
在缺失明月的夜里，
无处存放。
月光醉了，也睡着了。

很想静处一隅，
拈一片残叶，
在温暖的午后，
放逐在秋水中，
随岁月一起缓缓漂荡。

在初秋薄雾中寻找一分宁静

当秋的第一缕清风划过耳畔，
谁在倾听那落花如雨的凄美？
谁又在风里弹一曲梵乐？

云水之间，秋意如禅，
在时光中刻下的痕，
在云雾中飞扬。

轻拾岁月赐予的似锦华年，
纵然秋雨迷蒙，叶落成空，
依然可以觅寻那遗落的身影。

于时光深处，写几行小字，
闲逸地享受初秋的清宁，
静等桂花的香气溢满庭院。

斜倚轩窗，听风、听雨，
看第一片梧桐叶随风曼舞，
舞尽最后的精彩，落在幽静的小径上。

透过稀疏斑驳树影，
赏这一季的花开叶落，
把寂寞的秋日时光，编织成岁月繁荣。
不寂寞，亦不忧伤，与大地相惜，
即便萎落成泥，依然叶香悠长。

一束阳光，跌落成斑驳碎影，
幻化成漫天烟花，
衬托了整个秋天的风雨烟波。

于是，那空灵不再蔓延，
让每一缕风都裹挟着秋的静美，
让芬芳与浪漫，随着红叶翻飞。

我只愿，在每一个晨曦，坐于林中，
嗅着太阳的味道，听鸟儿啁啾，
把思念连同秋天的落叶掩埋于心，珍藏。

在初秋薄雾中寻找一分宁静的安然，
墨染纸笺，记忆这多情的秋天。

在秋的深处行走着

一片落叶，
是今秋的一首《千千阙歌》，
给宁静的心田，
注满了清凉，
在秋高云淡里放声歌唱。

秋是深沉的，
又是绚丽多彩的。
走进风，走进云，
和阳光一起，
在秋的深处行走着，
珍惜着。

对深秋的爱恋，
在季节深处悄悄萌生，
一年又一年。

丰盈了过往，恬淡了心境，
留下了昨日的相思与回忆。
老去的光阴，
斑驳了渐行渐远的岁月。

谦谦君子，风恬月朗，
楚楚佳人，浮世私欢。
几重风雨相思，
与我红尘相伴。

蓦然回首,半生癫狂,
风月如纱,情深几许。

一个人在秋的落叶上起舞,
迎接生命的绚丽多彩。
爱这秋天,
正如爱这秋叶静美,
爱这浮华过后的宁静。

这场苍郁的往事

秋日,淫雨霏霏。
静静地听雨落大地的声音,
看黑暗在夜晚破碎。
越来越远的身影,
游荡于飘浮的时光,
把凄美的爱抛向天边,
等繁华落幕的那刻。

秋雨飞扬的黑夜,
她的美静谧无声。
被迷醉的丝丝细雨,
像森林中涓流欢涌,
清澈洁净。
她的双眸清澈迷人,
像秋日里飞舞的蝴蝶,
灵动、轻盈。

然而,真正撼动心扉的,
是清丽如仙子的她降临人间。
她高贵的气质,
如一汪净水,喷涌在森林。

这场苍郁的往事,
疏影摇曳,
徒增一季的风尘,
最终灰飞烟灭。

从此,将这深深的爱,
作为一种别样的温暖收藏,
不再张扬,也不再典当。

听秋

秋凉的声音,
轻轻地从耳畔划过,
偶有一片叶落入水面,
泛起微微的涟漪,
似触碰到秋的肌肤,
沁凉如泉。

听,桂花树下,
朗朗的笑声里,
藏着收获的喜悦,
米粒的味道染香了萧瑟的秋天。
秋声、秋色,秋意满街,
醉了岁月,
也醉了秋天的故事。

风吹开了秋的门扉,
太阳隔着一层明亮的忧伤,
看着微笑的向日葵。
怀抱秋风,头枕闲云,
静听秋的声音,鸽哨悠扬。

季候如约,秋鸿有至,
在寂寥旷达的原野,
听落叶沙沙的叹息。
一片片落地的叶儿,
退去昔日绿色,

成就了秋的壮美与灿烂。

秋实，是日月之精华，
经风雨洗礼的冲刷，
退去青涩，
在枝头招展。

静静地回望，
一片叶的飘落，
一朵花的凋谢。
纵然容颜更改，
青丝尽白，
秋之美在我心里，
依旧悠远含香，
管他几度秋凉。

荷塘月色

一轮明月，
倒映在秋风拂过的荷塘里，
泊于水中，像一首被人低吟的诗词，
在听觉中，若隐若现。

那下了塘的月光，
仿佛穿越了往昔，
带着苍老，
笼罩出荷塘的浪漫。

那变瘦了的身形，浮于水面，
涟漪推动一片轻盈的光团。
光团进入眸里，盛开，
在无从感受的情感中，离去。

冬雪 DONG XUE

期待一场雪色倾城的美丽

岁月被风霜浸冷，
痴缠着一树寂凉。
静倚在冬的天空下，
隔着时空的距离，
捡拾心底温暖的记忆，
收藏在冬季。

不经意间，
时光滑过季节的清寒。
蹁跹在心底的往事，
有了或浓或淡的牵念。

走过铅色云烟，
穿过干涸的河床，
在溶溶月色里，
聆听心灵絮语，
无言、浅笑，时光不语。

在凝结晨露的清晨，
期待一场雪色倾城的美丽。

残荷

早晨轻舞的薄雾,
笼罩荷塘。
那一池的残荷,
沉醉于悲情,
流连于残冬,悲鸣。
那些被岁月淋湿的旧事,
依然透着淡淡的忧伤。

在冬的深处,依然看到了
那残荷绝世脱俗的容颜。
古朴淡雅的气息,
冷傲挺立的姿态,
一世风情。

虽然看不到满园春色,
也闻不到一池莲香,
但残缺的躯壳,
却依然保留昔日的风骨。

西风起时,
我便想起那一池的残荷。
信步于荷塘深处,
在清心寡欲中,
将心事埋藏在冬日荷塘中,
带着残荷的哀叹,聊以慰藉。
梦里再忆,心绪渐渐陶醉于那残荷的枯颓。

干荷叶，色枯黄。
清香减，一层霜。
几枝残荷，池中凄凉，
萧瑟、败落、凄清的一池残荷，
折戟沉沙，在西风中傲然屹立，
孤独伤感，顿上心头，
落得了一地的叹息。

正午煦暖的阳光，
倾在那莲池之上，
光影相映，
让这残荷有了别样的风情。
金色的光影泻于枯叶上，
与水、与风、与蓝天一起，
描摹出一幅冬日画卷。

那荷，孤寂地挺立着茎干，
守候着生命最后的时光，
淡然地保存心中不变的信念，
最终零落成泥，化作尘。
它坦诚地面对已然败落的色彩，
不悲不戚，不言不语，
在冷风中抗争着，
不肯折腰，跪倒于地，
豁达地等待来年的再次绽放。

那荷，枯萎之体反哺一池泥，
已然撕心裂肺，却无声无息，撼人心田。
它不羁的风骨，
堪与松柏相比，与梅兰为友，
安然、宁静，且壮丽，
风韵犹存。

那荷，迎风不惧的坚忍，
丰盈了它的孤寂身影。
那不屈的精神，
历尽酷寒而不渝。

坐于塘边，
看那荷恰似一位士子，
于寒风中傲然挺立。
碧的是水，是空灵，
蓝的是天，是宁静，
黑的是那荷的凝重。
这曲茎，含蓄而不屈，
似要再度挺起，伸展。
这经历繁华之后的洗练素净，
是生命的沉淀。

此时，以荷茎作画笔，
以塘泥作颜料，
浅浅地勾勒出
那荷的前世旧梦。
在没有喧嚣的莲塘深处，
把心事存放，
凝聚成动人的故事，
让心灵震颤。

素衣碎，自孤伫，理残妆。
翘首望，抚秋霜，眠冬寒。
不染污泥，绽娇容，
西风、静水、残梗、败叶，
不张扬。
日已落，月初升，明月照莲塘，
月光洒落，波光潋滟，

凄美了一塘残荷。

残荷，亦如我，
等待着，春水涌来，涤清污浊，
等待着，下一个生命的轮回。
与残荷作别，像风一样悄然而去。

初冬

初冬来了，
风儿，携着冷露，
将叶子吹落林间，
飘洒的落叶点缀了立冬时节。

孤单的落叶，
和冬一起细数薄凉的日子。
将一片泛黄的秋叶，
夹在初冬的书页里，
待来年，风起时，
与葱茏草木一起欣赏。

拈一丝初冬的寒凉，
在时光中珍藏。
即使在寒冷的冬季，
念，也从未转凉。

一片深秋的落叶，
化作袅袅升起的氤氲香气，
缥缈云水间，
迎接灿烂明媚的太阳。

冬日里的时光

在这个冬季,
静坐庭院,撷青叶少许,
放入壶中,再入净洁甘露,
煮至沸腾,倾入杯中,
看青叶上下翻动。

慢慢地,
浸透了甘露的青叶,
沉于杯底,似人生沉浮。
千载春秋,淡然驻足,
轻仰脸庞,看四季更替。

渐渐地,
春天的绿色散逸杯中,
晶莹剔透。
茶香四溢,醇厚浓郁,
醉了时光,醉了人。

刹那间,已然几度春秋,
曾许下的诺言,都失信于记忆里。
微凉的风吹拂着发丝,
淡雅的忧伤与茶香溢满心绪,
一并飘散着。

伴着轻盈的乐曲,
品醇厚的香茶,
悠然地享受冬日里闲暇时光。

冬夜

静寂的月亮挂在天边，
素白盈满了冬夜的凄寒。

皎洁的月光，
斑斓了一树的虬枝，
拉长了孤独的身影。

月光素白似流光，
追寻的时候，
燃尽青春，燃尽激情，
轻仰脸庞是唯一的姿态。

千载春秋，四季更替，
溶溶月色，抚慰孤单，
岁月横流，路仍然漫长。

宁静冬夜，静穆月色，
消解了喧嚣，落幕了繁华。

冬至里的那一缕梅香

昨日,
一场夹着雪的冬雨,
轻柔地将光阴清洗。
雨中出尘的寒香,
气息绵软、悠长。

可以听到雨滴与尘埃的私语,
看到山林的松涛,水的流淌,
甚至能想到,心底那朵莲花忽而盛开的美好。

想来,
这冬雨的几分清冷
已无须用文字传递。
西风吹过浮世,
清点着一池残荷的落寞。

冬至,飘落的雪,
自顾安静地在天边飞扬,
自是欣喜。
那雪,带着飘逸与静丽,
静静地融化在心底。

偶尔,
记忆里如云般
飘来旧事的章节,
不会惊扰今日冬至里

那来探的暖阳。

暮色轻启，万物俱寂。
一轮明月俯瞰万里江山，
却无法照进内心的裂隙。
那仿若隔世的轻愁，
独自忧伤，
蜷缩于寂寥的星空下。

月色弥漫，
笼罩大地，一片霜白。
月光照亮了一条郁结愁肠的心路，
于梅海中，怯生生地将光阴打捞。

月光里的白，
带着冬至的梅香，
寂美而令人心动，
如清澈的泉，无声无语，
却美到了极致。

其实光阴老了，
故事也就淡了。
清风、明月、梅香，
点缀了这冬至里的风景，
一笑而过，最深情。

归去来兮

轻轻地走过,
有你陪伴的岁月。
那错落有致的房屋,
那氤氲升腾的炊烟,
诉说着人间的悠闲与繁忙。

那冬日的太阳,
在炊烟升起的地方,
向隐秘的恋人发出召唤。
它卸去往昔的妆容,
带着年味,入戏。

稍不留神,
错过了那冬雪的浪漫。
光阴也炖老了日子,
往事随风而去,
不留一点痕迹。

事过境迁,
在这即将过去的冬日,
用锣鼓随意敲打着的节日里
年的韵味,平静祥和。

炊烟、雾气、绵绵细雨,
意象交锋,便有了憧憬。

那些孤寂的心灵，
也会在这年味的温暖包围里
备感欣慰。

回眸

冬季，
一个飘零的季节，
布满凉薄。

茫然无措，
看云朵在空中定格，
看人来人往步履匆匆。

水过无痕，
失落的魂魄，
任泪簌簌地滴落。

流浪漂泊，
总要有一个归宿。

不敢回眸，
怕那鲜红的血流入眼眸；
不敢遥望，
怕那燃烧的火焚烧山岭；
不敢低头，
怕看到心底的失落。

生命从来都不缺少
充满心田的期待。
我只愿面朝大海，春暖花开。

散落的承诺，随风飘飞，
心中却有丢不去的身影。
疏离的光影，
在季节的深处依旧明媚。

回眸花竞放，往事缓奔来，
春风拂面惊艳了时光。

待我白发苍苍，容颜老去，
依旧与你晨钟暮鼓。

季节

缥缈的冬雨,
浸润稀疏斑驳的痕迹。
一场落花雨,
一曲葬花吟,
水湄花落意阑珊。

走过了,
春的绚丽,夏的炽热,秋的忧伤,
走进了冬的冷寂。

烟雨迷蒙,登高远望,
雨水亲吻脸颊,
雾气轻拂着时光,
兀自成霜。

繁华落尽,帘幕轻拢,
独品幕落人散的孤独和冷寂。
累了、倦了,
于是退隐一角。

红尘纷扰,泪飞泪流,
从绚丽走向冷寂是自然的宿命。
在冷寂中沉淀忧伤,
沉淀浮躁,沉淀欲望。

悸动

打开一扇心窗，
看到了世界，
也感受到了心的悸动。

有时候，心如明镜，
能够拥有美丽的心情，
那是人间的幸事。

爱恋的痴缠，
扰乱了静谧的光阴。
粉色的记忆，
朦胧了清柔的月色。

此刻，不必慌乱，闭上眼睛，
能听见心跳的声音；
不必太累，停下脚步，
会看到风的徜徉、彩虹的美丽；
不必叹息，伸出手来，
温暖其实一直都在。
苦，自己悄悄释放，
乐，自己慢慢品味。

此时，用雪作诗，
用梅作韵，
歌颂世间万物，浮尘烟云。

一缕清风吹乱了头发,
撩动了思绪。
残雪从树梢不经意间飘落,
触碰了心的忧伤。
一粒尘埃,在岁月的深处,
吟诵着故事里的落寞。

许多情感,游弋故事之中,
留存文字,与岁月对酌。
静静地看荒原上草木葳蕤,
珍藏即将荒芜的记忆,拈思成文。

今夜有雪

原野,长风呼啸,
纷飞的寒气,
在黑夜里纠缠。
暗藏的力量,
灰蒙蒙的,
涌动在城市的边缘。

远方戈壁滩上住着的云朵,
有着自己的梦想。
云朵在夜里炼制梦想
待炉火纯青的时候,
一只从北方飞来的鸟,
携漫天飞雪,
在今夜造访。

做自己

冬日，
简单起来，多好。
无须应酬，
自心生欢喜。

独居庭院，
一个人，
似冬日最旷远的风，
如冬日最洁白的雪。

闲了，
静静地坐在这
有花有草的庭院。
只看自己晾晒的柳条，
长长短短，多惬意。

在尘世的烟火里，
雪藏这淡然的日子，
做自己，真的很好。

腊八时节

岁末的风,
把一片云吹向天际,
带来了大寒时节。
喝着香醇的腊八粥,
揣摩着春天的温度,
等待春的到来。

于是,那片云,
趁风不注意,
悄悄地飘进了我的心里。
就这样,
如一壶春酿,
令我心醉。

岁月如歌,
每一天的日子,
轻轻地拂袖即过,
不会相同,也不重合。
也不知从什么时候起,
我们都会回忆往事,
仿佛在寻找一个故事的结局。

其实,
我只想饮着晨露,
在你最爱的蓝天下,
升起炊烟。

掬一捧春的气息，
取一汪清泉，
把片片芬芳，
煮进这腊八粥里。

我知道，
你会循着芬芳，
迎着大寒时节的风，
找寻那片云。
你带着你的蓝天，
在节日的欢声笑语里，等我。

我知道，
来自岁月深处的你，
从不渴望那一抹靓丽春色。
你错过百花争艳的季节，
抱紧自己的花蕾，
在一棵无叶的老树下，等我。

风过，你携着云朵，
在岁末的风里轻轻吟唱。
你从我身边走过，只留下一瞥惊鸿。

若有一天，你经过那一片花田，
我便写下一笺桃色小楷，
写下一篇倾城的诗文，
握住你悠长的爱，
握着你前世的忧思、
今生的缘。
我要隔着这冬日里的寒冰，
把节日里的腊八粥送给你。

于是，我站在旷野上笑了。

我要把那些我们一起走过的光阴，
让风捎寄给你。
我想来年春天我们会找到彼此，
然后一起飞翔。

浪漫的冬季

西风送冷,
一轮明月照耀千里之外。
浪漫的冬季,
轻吟浅唱,如约而至。

刹那间,
已然过了几度春秋,
曾许下的诺言是背弃的债。
在这浪漫的冬季把时间剪断,
记忆着雪花飘落的景象。
寒凉的风吹拂着发丝,
淡淡的忧伤随风飘散。

醉人的音乐洗涤心灵,
让脆弱的心不再纠结和彷徨,
让心意在月光下飘逸、轻扬。

一直向往,
有一处安静的地方,
可以将心寄放。
不言沧桑,不诉悲喜,
唯愿时光静好,
只闻鸟语花香。

落日黄昏

窗衔落日，晚霞烧天，
薄暮落日已黄昏，
不知倦鸟归何处，
微风枯叶尽飘零。

滔滔渭水，匆匆四季，
暮色映残雪，
留下斑斓的色彩，
沉默地记忆着浊世的温度。

软弱的黄昏倒映水中，
青色的石阶上飘落着残雪的寂寞，
寒夜星辰，依旧明亮。

鸟在空中，鱼在水中，
疲倦地等着春色，
仿佛就在彼岸，却很遥远。

蓦然回首，成桑田

静夜深深，
一缕清香萦绕于心，
梵音入耳，万念俱空。

一场冬雨的深情，
打湿了青衣件件。
虚空无主，
心，应该去何方？

花败雨凉，意朦胧，
呈现着别样的美丽。
多少温柔与感动，
亦如初见的冬雪，
让人沉迷其中。

远古的风吹来
华光炫彩。
润湿了枯叶的冬露，
滴落大地，
奏响了白雪纷飞的序曲。

冬雪如初见，浮生如斯，
蓦然回首，成桑田。

眸里的深情

浅冬的邂逅，
惊艳了时光。
柔情将思念
缱绻成不眠的夜。

倾尽一生，
读你眸里深情。
踏遍青山绿水，
换你丝丝眷恋。

听，夜晚的风，
带来了雪花的记忆。
披着雪花，
走进你温暖的心田。

还记得吗？
那温热的身体，
浪漫了冬日的傍晚，
春意满屋。
只是不知，那遗失的心，
何时才会归来。

那风景，依然很美

是谁说过，
人生只有将寂寞守穿，
才可以重拾喧闹；
只有将悲伤过尽，
才可以重见欢愉；
只有将苦涩尝遍，
才可以自然回甘。

其实我喜欢
冬日里暖暖的阳光，
微笑着把思念安放，
坦然面对人生，
走过四季风霜。

又是谁，
静坐光阴深处，
许一季的馥郁芬芳。
不用为谁悲凉，
当繁花开满山间，
你只要努力微笑。

当和风吹动柳絮，温暖溢满大地，
你要认真收藏芬芳；
当冬悄悄退去萧瑟，
你要微笑着靠近太阳。
不言寂寞，亦不言沧桑。

我有过一次旅行，
苦涩而又甜蜜，浪漫而又彷徨。
如歌岁月，
总会留下一些遗憾。

如此，
莫如在薄如蝉翼的时光里，
做一棵恬淡雅致的竹，
风起，雨过，
在岁月的风霜雨雪中，
站成让人敬佩的坚强。

如此，
莫如做一个阳光下的漫步者，
看碧澈的晴空、飘逸的云朵，
听稀疏的枝丫间啁啾的鸟鸣。
之后，微笑着伸出双手，
掬一缕阳光，让心灵温暖。

远山含黛，
阳光流泻在岭上。
湖面波光粼粼，
山峦巍峨耸立。
仰望，碧空如洗，
俯视，水面如镜。
和风拂过，
我只愿同喜欢的人一起欣赏这迷人的风景。
我悠闲地徜徉在墨香里，
植一株草，种半亩花，写字为章，
拂去落入心灵的疲惫和忧伤。

其实，那风景依然很美，
我还在岁月深处匆忙穿梭。
那春的气息带着浓浓的年的味道，
把幸福盈满了岁末的时光。

那一年

那一年，
微风轻拂，细雨绵长。
期待着春暖花开，
心，悠然。

那一年，隐居山林，
笑容是四月里的花朵。
看石阶上的苔痕，
赏清风细雨，听鸟雀欢啼。
在岁月的长河中，
欢愉而慵懒地前行，
路，渐远。

那一年，
凄风寒夜，
漫步在熟悉的街角，
细数那些温暖的街灯，
将美好的片段记录。
将故事珍藏在季节深处，
清浅回眸，柳暗花明。

那一年，
你轻轻地走了，
正如你轻轻地来，
挥一挥衣袖，
抖落那一年，满满的回忆。

你若在，我便爱

冬，
盈了一怀寒凉，
在枝头落下了霜。
风夹着细微的沙尘，
在窗前瑟瑟作响。

冬，
随心而行，
言语、牵念，
都镶嵌在这寒冷的夜里。
左手寂寞，右手温暖，
默愿你平安。

真情在岁月里沉香，
安放在冬季里的温暖，
一直都在。

花开生温情，花落知别意，
你若在，我便爱。

念

风牵起了衣角，
冬雾温润了眼角，
那刻骨的曾经，
令岁月丰饶。

繁华的夜，
孤灯也璀璨，
被拉长的清瘦的影，
孤独放纵。

一抹相思，
霜染了心绪。
斑驳的光影里，
念，在蔓延。

晨露初绽，
沐浴第一缕暖阳。
静赏晚霞，
共享那一抹夕阳。

浅冬印象

风把一片云吹向天际,
仿佛带走了一个故事的结局。
那片云又悄悄地化成了初冬的冷露,
趁风不注意,一头扎进了大地的怀里。

于是,山黄了,果香了,
白天渐渐地短了,
夜漫长了,日子也变得寒凉了。
此时,碧澈的晴空中飘逸着薄云,
阳光流泻在遥远的山峰上,
山峦依然巍峨、壮美。

漫步在幽静的小路上,
阳光透过树叶洒下斑驳的光影,
把浅冬装点得熠熠生辉。

听,稀疏枝叶间啁啾的鸟鸣
和着那小溪欢快流淌的潺潺水声,
一起把浅冬的序曲奏响。

那尘封已久的思念,
想化作一朵云飘远,
可偏偏在此时,又一次念起了你。

我伸出双手,
掬一缕冬日的暖阳,

在风霜雨雪中学会了坚强。

此时，天空飘着我湛蓝的思绪，
那漫天飞舞的枫叶，
是我为你书写的梦的诗篇。

颤抖的笔尖描写着冬的故事，
云朵上的忧伤与欢喜，
缄默成浅冬的诗行。

这个冬天，我分明是在等你，
你不来，我怎敢离去。
就这样，默念着你。

倾听雪花飘落的声音

喜欢冬雪飘飞的样子,
冰封雪落,
月凄风清。

屏住气息,
倾听雪花飘落的声音。
宁静中,
封存着一种淡泊,
一种悠然。
感悟慢慢地汇集,
汇集成冬的意韵。

此刻,
沉浸在舒缓的音乐里,
伴着雪花的飘飞,
感叹着人生的沉浮。
雪飞花扬,曲声婉转。

如果说
冬日是清宁的、冰冷的,
那雪花飘落的声音里,
便住着冷寒的灵魂。

凛冽的寒风吹起轻盈的雪花,

纷纷扬扬,漫天飞舞。
让我们面向大地,背负青天,
倾听雪花飘落的声音。

清晨

初冬的清晨，
柴可夫斯基的弦乐
穿墙而来，
婉转而缥缈，
带走了我的睡眠。

透过窗，
温顺的日光抚摸着带着睡意的脸。
褪尽了绿色的高大树木，
只剩下瘦骨嶙峋的一树虬枝。
枝杈在时光的阴影中，
徒留苍白的轮廓，
犹如一幅灰暗的油画。

回忆昨天，天色灰蓝，
仿佛一张失去记忆的脸。
空气的寒冷令人振奋，
在无人的路上散步，
阳光普照，寒冷依然。

时光从肩头缓缓流过，
无思无念。
在这个无比清冷的季节，
看见微蓝的颜色缓缓靠近黎明的边缘。

万千思绪，

似玉兰花散发的香气，四溢。

迎风浅笑的寒梅，
一身傲骨冰清，
卓然于岁月。
冰雪之中，梅香不减。
光阴彼岸，暗香浮动，
任时光流转，明净安然。

清寂的冬夜

今夜,
听着静谧的乐曲,
无比净澈的内心,
仿佛是在无垠的天际游荡,
不知要去向何方,
愉悦着何种忧伤。

启帘开窗,
窗户透出迷离光影,
路灯也在树影里闪烁。
那些光与影把远方的
瘦水寒山交织成梦中景象,
衬托着冬夜沉静的清凉。

哦,好喜欢这冬夜的宁静。
一个人能真正安稳地
沉浸在一片清寂中,
真实地拥有整个世界。

此刻,
真想在这冬夜取几截松枝,
烧一炉温暖,
酿字为酒,慢享时光。

岁月的味道

锦瑟奏鸣，流年浅浅。
生命里总有一隅，
那么暖，那么静。

岁月的味道，
是落满秋叶的屋檐。
幽洒月光的水中，
一叶横卧的小船，
在光阴的留白里飘飘荡荡。

生命里，
找一座安静的宅院，
把灵魂安放、寄存。
时光如水，
缓慢流淌，水中倒影
似花非花，似梦非梦。

人生最美，
莫如心灵的相契。
走过锦年，留下记忆，
找寻内心美好清纯的源泉。

用一颗虔诚的心寻你，
走你走过的路，
看你看过的风景，
岁月中有你的味道，最美。

往事如风

夜晚敞开门扉,
风摇醒思念的风铃。
夜空中的弯弯月亮,
照亮了曾经的笑容。

往事如风,
眼泪在心间偶尔流下。
春风里枝头摇曳的花蕾,
错过了一首歌的意境。

冬雪,
是冬天的物化,
亦是诗文的背景。
将冬雪在心田播种,
铭记一生的如风往事。

喜剧人生

倚轩窗，闻冷香，
风过陌上，暗香疏影，
隔绝了俗世繁华。
飘逸的雪花，不倾城，
却叩击着纯真的眼眸。
让温暖的心事凝聚，
弥漫仲冬，镌刻于心。

那些深铭人生的旧事，
遇到今冬的雪花，
幻化成灵魂深处的梦境，
柔软地带着那相遇的瞬间沉醉。
那场盛大的遇见，
是欣喜，亦是冬日的一抹暖意。

守着最初的自己，
用轻绕指尖的欢愉，
将真诚写进生命里。
听风、听雨，听不厌自然的声音，
一路相依，踏雪而行。
执一分淡雅清欢，
看风往北吹，岁月嫣然。

那年的飞雪从一隅飘来，
偎依着浓思，一字成行。
冷雨将"遇见"整理收集，

研心为墨,
写出世上最美的诗句。
爱无声,情无言,喜剧人生。

短暂的邂逅,如今天的飞雪,
不留痕、不着意。
回想那一年雪地上的双双足印,
才是世间最美的"遇见"。

而今,旧日时光
随雪入泥,没了欢喜。
回眸时,淡然一笑,
雪花消逝于指尖的暖。
天涯行,芳菲念,喜剧人生。

喜雪的心情

冬季,
期待雪花飞舞,
像期待情人一样,
焦急而甜蜜。

你听,
雪在说悄悄话,
像伴侣互相抚慰着。

于是,
有了思念、激情和梦想。
悠悠的爱,无声的念,
总是在思忆深处,
与灵魂融为一体,难以忘怀。

晶莹的雪花,
轻轻地落在眉上、肩上。
闭上眼眸,
清凉纯净的气息,
融化了一缕清愁。

洁白的雪花,
静静聆听着心底的声音。
雪花飞舞,
把落寞与忧伤飘洒进泥土里。

冬的寒意不再流浪，
虽然落雪短暂，
但喜雪的心依然期盼下一次雪花飞舞。

下个季节

深冬的夜，
冷得打起寒战，
藏在角落的心事，
孤独得有些可怜。

在这样的夜，
静静地等待
惊蛰唤醒冬眠的蝉虫。

花开之季，等你归来，
花落之时，我在故事里徘徊。
一声叹息，我用深情的目光将你送别。

缘来缘去，如水若云，
怎奈何素笺蒙尘，难落笔，
回眸处，两相忆。
谁懂此浓情，
谁怜伊人衣渐宽，
天涯两重梦，
等再聚。

人如初，月可圆，
一世轮回一场梦。
叹今朝，待明日，
只为春来到。

下雪的日子

经过一整个冬季的蕴蓄，
今年的第一场雪，
在清晨昏暗的路灯下
凝聚成冰晶，悄悄地飘落大地。

此时的冬，
迎来一季雪花的开落。

雪花编织着梦的羽翼，
用笔书写雪花飘落的意境，
用心体验着雪花的寒凉。
雪落大地，灵魂有了归宿。

当冬的清寒，
沉稳地款款行进，
不禁轻轻地问一声，
此刻纷扬的雪花，
是否冷藏着丝丝柔意？

是啊，有些东西外表寒凉，
内在温煦。
正如无声的爱，
在默默无语的平淡里，
安抚柔软的心。

如此，

那洁白的雪花,
开在凝神的眼光中,
开在清寂的冬夜里,
开在沉静安详的心间,
开在渐渐老去的时光中。

心清如莲

季节无声,时光无语。
雪花轻盈地飘落,
漫天飞舞。
一片两片,落在窗前,
也落在曾经避雨的屋檐上。
那禅院听雪的意境,
存于心间,自是雅然。

薄云轻雾弥漫天地间。
那纷纷扬扬的雪花,
瞬间染白了记忆,染白了头。

静倚窗前,
许我点燃红烛一盏,
照雪驱寒。
艳艳烛光,映入眼帘,
如梦如幻,更似初恋。

一朵飘落的雪花
融入指尖,
寒凉与窗外飞舞的雪花一起,
冰冻了心底的安然。

那充满诗意的雪花,
掠过那盏红烛,
带走岁月的伤感。

满天素白，
若梨花一样春意盎然。

待时日，雪花消，
一心只向云水间，
不染俗尘，心清如莲。

修行

时光总是来去匆匆，
终不会为谁停留。
当你越过山水踏步而来，
我便想起蝴蝶起舞的日子，
想起曾经一起走过的路。
那段故事尽管跌宕起伏，
伤感得痛了心扉，
却依然是生命里的风景。

遇到一个人便是一场欢喜，
将你妥帖地安放在生命里，
便有了细水长流的陪伴，
是你填补了我生命里的空白。

在渐行渐远的时光里，
临水而坐，相依相偎。
爱过便是一场修行。

雪舞长天

风起时,
屏住呼吸可以听到
自远方而来的雪花的心语。
渐渐地,一场倾城的雪,
曼舞了这一季纯美的素白。

冷艳里,
临风飞舞的冬雪,
在纯白的天地间,
隐匿着无瑕的意念,
飘落大地。

一分凝重,
轻挽着寒凉的雪,
飞上天与云相遇,
绘成一幅白色的画卷。

银装素裹的洁白,
触摸时光的脉络,
装点那无声的欢愉。

漫天飘落的雪花,
幻化成一场春暖花开,
倾诉这一季的心语。
雪舞长天,
在此岸、彼岸中美丽。

一场雪花的爱恋

有人说,
爱是一场雪花绽放。
浪漫、洁白、无瑕、盛大,
给人以旷达的深远。

那我愿,
在雪中央,
折枯枝作笔,
铺雪花作笺,
写一页绮丽的诗篇,
赴一场美丽的清欢。

若,
秋天给你留下了浓郁的伤感,
那我愿,
坐在光阴之外,
手捧一片雪花,
释放我的禅韵素念。
研墨赋词,用浅浅的文字,
写一卷的素白淡雅。

若,
你的心中还深藏着一缕思念,
那我愿,
不问苍天,穿越红尘,
乘着素洁的雪花,

进入你的思念。
在雪花飘飞的天边，
抱紧你春天般温暖的身体，
共赴一场漫天花雨。

忆往昔

是谁搅动了这冬的韵律？
又是谁带着儒士的思绪把时光浸染？
让这一生的回忆，清晰明了。

忆往昔，
谁在天地这个舞台上，
演绎着风生水起？
谁又是主角，运筹帷幄，
经略着自己的人生？
在一世的生命里，
谁又是这时光中的过客？

说一生要顺其自然，随遇而安，
只有真正面对的时候，
才明白什么叫左右为难。

放下得失，放下取舍，
历一场世间的爱恨情仇，
体味一生一世的冷暖清欢。

在深冬里轻念雪花飞舞

每一个冬季,
我都会站在寒冷里,
等待一场雪的到来。
那一朵飞舞的飘雪,
永远不会在心里消失。
捧起熟悉的清凉,
一旦握住,再不离分。

还记得,
那年站在天地间的雪人,
微笑着、遥望着。
那用体温堆起的爱,
隔着一个世纪也不消逝,
从容且坚定。

今年,往年,
雪花的美在于轮回,
在于遇见。
雪花在敞开的心田盛开,
无瑕、洁白、晶莹。

某一天,
打开了存封的记忆,
所有雪花又落满心扉,
这一生的光阴是怎样的艳丽。

在心里开出一朵雪花,
纵使独自行走在尘世阡陌中,
也心生安暖。
我爱你,冬天飘舞的雪花。

在水一方

这个冬天，
用冷风雾霭慢煮时光。
剪下云的白色，
拼凑隔世的守望。

山塬沟涧的尘埃，
覆盖了流年的沧桑。
看，浩浩汤汤的渭水
涟漪了岁月的柔情。

浅浅的文字，
书写着生命的辉煌。
光阴里的感动，
在不眠的日子里低吟浅唱，
谱写生命的华章。

有位佳人，在水一方，
烟波廊桥不再苍凉。
一季欢颜，化作雪花，
轻舞飞扬。

这便是一月的冬天

冬季，
厚积薄发的季节。
在冷冷的朔风里，
藏着冷峻和凝重。

多少往事，随风而逝。
过往的时光像卷破损的旧书，
带着隐约的潮湿，
似一朵枯萎的花。

深邃的季节里，
萌生的感动，
释放出了春日般的温馨。
季节的风拂过突兀的枝丫，
吹落曾经的青翠。
指尖的呓语，
来自舞尽芳华的一抹纤尘。

这便是一月的冬天，
有着淡淡的味道，
味道中含有一分梅香，三分荷香，
还有六七分玉兰花香。

只为放飞那留白的念

北风吹,落叶坠地。
片片枯黄的叶子,
铺成一条金色的地毯。
踩在落叶上,簌簌作响,
这是飘浮于时节上的韵律。

叶落的声音,
似一首清丽的乐曲
和着朔风,
飘扬在有暖阳的冬日。
金黄的叶子缓缓飘下,
轻盈、静雅。

一片落叶,飘零盘旋,
瘦尽了葱茏绿意,
露出了枯黄的底色。
溪流冰冻的身体
在这凋零的冬日,
与萧瑟山水默然相映。

残灯孤枕,冷风袭来。
那落叶带着树的嘱托、雪花的问候,
触及冰冷的肌肤。

枯萎的叶片,
曾是记忆里绚彩的画卷。

那曾经的往事,化作风烟,
只剩下零散的片段,
终不是初见。
莫道落叶凋,坎坷又一年。

仲冬

仰望星辰的时候,
又向往黎明。
明知时光迅疾,
却总优柔寡断。
内心的空明,
在时光的眸底,
也在芳菲的想念中。

穿过清冷的山野,
穿过浓重的夜色,
即便千里之遥,
也能闻到雪的味道。
只是那伤心的仲冬,
没了雪的衬托,
魂魄开始消散。

几许寒意,
飘荡在无雪的夜里,
舒缓了寒冬的孤寂。

追回岁月的温暖

等待了太久，
倦了、累了，
时光残酷，一路孤独。
找寻过、经历过，
是无憾的人生。

入冬了，多了几分寒寂。
夜深了，少了些许温馨。
一帘雨、一丝寒，
水湄花落意阑珊。

爱了、散了，
每一朵落花是爱情，
每一个文字是泪痕。
凌乱的发丝，
是心底忧伤的回忆。

冬雨里，
稀疏斑驳的光影，
将浅冬的寒意勾勒到极致。
穿过残秋深处的沉默岁月，
落下又一年岁的帷幕。

此时，
凄清的萧瑟缄默无声。
我只有水一滴、叶一片，

亦无声息。
待阳光明媚，素月一弯，
孤独地追寻岁月的温暖。

自由飞翔

丁酉将要远行，
不背负行囊，不涉水越岭，
只是让心向着远方前行。
昂首走进那曾经思念的地方，
从未彷徨。
于是，便有了灵魂的自由飞翔。

远方，
一个心之向往的地方。
一弯新月，几座青山，
一片蓝天，半亩花田，
那才是心灵最安逸的归处。

其实，
当丙申的冬滑过指尖，
才学会了遗忘，
留下的不知是暖，还是痛。
曾经问自己，该如何改变
才能在春天里绽放。

转身，
年落下帷幕。
又一年的烟雨，怎么抵挡？
如何把俗事隔离？
殊不知一颗修行的心，
要耗尽一生的时光才能走向远方。

总要走过缥缈的凄风烟雨,
才知道,要在岁月中学会相忘。
也只有过滤喧嚣,
避开尘世的纷纷扰扰,
才能携着你一起走向远方。